AF387949

Im Namen Seiner Seele

Thriller

Thomas vom Hofe-Schneider

Bibliografische Information der Deutschen Nationalbibliothek:
Die Deutsche Nationalbibliothek verzeichnet diese Publikation in
der Deutschen Nationalbibliografie; detaillierte bibliografische
Daten sind im Internet über http://dnb.dnb.de abrufbar.

2. Auflage

Erstveröffentlichung: Dezember 2020
Lektorat und Korrektorat: Susanne Bienwald
Illustration: Nikola Hartl

Verlag: BoD • Books on Demand GmbH, In de Tarpen 42,
22848 Norderstedt
Druck: Libri Plureos GmbH, Friedensallee 273, 22763 Hamburg

ISBN: 978-3-7526-6824-7

Ich danke allen, die mich dabei unterstützt haben,
dieses Buch zu veröffentlichen.

Prolog

Die Tür wurde aufgerissen. Der kleine Junge drückte sich in die hinterste Ecke des Zimmers. Voller Angst biss er sich auf die Lippe bis sie anfing zu bluten. Der Mann ging grinsend an ihm vorbei zum Bett seiner Schwester. Sie gab vor zu schlafen, aber er ließ sich nicht täuschen. Das kleine Mädchen schrie als er ihr ins Gesicht schlug. Sie sah zerbrechlich in seinen Fängen aus. Immer wieder schlug er auf sie ein und schüttelte sie. „Ihr habt es nicht besser verdient, ihr Bastarde", brüllte er wie ein Wahnsinniger.

Der kleine Junge schmiss sich gegen den Mann, aber es nützte nichts. Er versetzte ihm mit seiner Pranke einen so heftigen Schlag, dass er gegen die nahe gelegene Wand flog und schmerzvoll wimmernd liegen blieb. Der Junge spürte Hass, Wut und Verzweiflung in sich aufsteigen. Er war machtlos gegen das Böse. Dann ließ der Mann von dem Mädchen ab und kam auf ihn zu.

**24.12.2008, Trainingsgebiet der Fremdenlegion,
Dschibuti (Ostafrika)**

„Sergeant, Sergeant, wir vermissen einen Mann!", riss Lúka eine Stimme aus seinen Gedanken.

„Ich habe eben gezählt, wir sind nur noch sieben Mann", informierte ihn Legionär Connely.

Lúka brauchte einen Moment, um sich zu sammeln, dann gab er seinen Befehl: „Anwesenheit bestätigen!"

„Connely?"

„Jawohl, Sergeant!"

„O´Brian?"

„Hier!"

„Rustow?"

„Anwesend!"

„Malewisz?"

„Jawohl!"

„Louda?"

„Hier!"

„Silvano?"

„Jawohl, Sergeant!"

„Vengeur?"

Keine Antwort.

„Vengeur!", fragte Lúka nun etwas lauter. Stille. „Verdammt!", fluchte er leise. Allein der Gedanke, dass einer seiner Leute in einer stillen Nacht wie dieser vom Erdboden verschwunden war, provozierte ein mulmiges Gefühl in seinem Magen. Die Nacht war bisher ruhig gewesen – reine Routine, nichts Außergewöhnliches. Nicht einmal ein verdammter Schakal hatte sich blicken lassen. Bei

Vengeur konnte man nicht davon ausgehen, dass er desertierte. Er war das Musterbild eines Soldaten. Wo aber war er dann? War er Opfer des heimtückischen Treibsandes geworden? Den gab es in jeder Wüste, aber Luka war ihm mit seinen Männern noch nie auf dieser Route begegnet. Er dachte angestrengt nach. Wie zum Teufel konnte einer seiner Männer plötzlich vom Erdboden verschwinden – in ihrem Trainingsgebiet weit weg von jedem Feind? Ihm fiel keine sinnvolle Erklärung ein. Am Checkpoint Beta, bei der letzten Anwesenheitskontrolle, waren sie noch vollständig gewesen.

„Wer ist hinter Vengeur marschiert?", fragte er in scharfem Ton.

„Ich, Sergeant", antwortete Louda, der größte und kräftigste Legionär des Trupps, der mit dem schweren MG bewaffnet war. Der dunkelhäutige Mann nahm vor Lúka Haltung an.
„Gab es irgendwelche Auffälligkeiten, bevor Vengeur verschwunden ist?"

„Ich habe ein Geräusch hinter mir gehört, habe mich kurz umgedreht, dann wieder nach vorne geschaut und weg war er, Sergeant", erklärte Louda ruhig.

„Verdammt!", fluchte Lúka. Er überlegte kurz, dann gab er seine Order: „Männer, wir kehren zum Checkpoint Beta zurück und suchen Vengeur!" Lautes Murren machte sich unter den Männern breit.

„Ruhe!", befahl Lùka. Der Trupp wechselte die Richtung und bewegte sich zum Checkpoint Beta.

„Merde!", Louda schloss sich den Flüchen seines Vorgesetzten an. Extrakilometer an Weihnachten zu laufen, war nicht das Geschenk, das er sich erhofft hatte. Und dann noch wegen Jean Vengeur. Louda hatte ihn nie gemocht. Ein komischer Kauz war das. Wie ein Besessener hatte dieser Typ die letzten fünf Jahre – seitdem sie in diesem Kommando aufeinandergetroffen waren – sich selbst und zwangsweise auch die anderen gedrillt. Lúka pflegte nach Abschluss jeder Übung zu sagen, dass die anderen sich ein Beispiel an Vengeur nehmen sollten, der immer über das Ende jeder Übung hinaus weiter machte. Kurz danach hatte Lúka meistens beschlossen, dass den anderen ein bisschen mehr Drill auch nicht schaden konnte. Aber das war nicht mal das Schlimmste an Vengeur. Eines Nachts, als Louda aufwachte und verdammt dringend pinkeln musste, hatte er ihn vor der Baracke gesehen. Er saß draußen im Sand, starrte in die Finsternis und faselte irgendein Zeug. Louda hatte nichts verstanden. Es war kein Französisch gewesen, aber der Blick – seine Augen – hatten nichts Gutes verheißen.

Louda war hinter ihm als letzter im Trupp marschiert und würde somit die Verantwortung für sein Verschwinden zugeschoben bekommen, falls sie ihn heute Nacht nicht finden würden. Er hatte nur für eine Millisekunde den Kopf nach hinten gedreht, weil er ein Geräusch genau hinter sich gehört hatte – wahrscheinlich eine Schlange. Sein militärischer Instinkt hatte ihm befohlen, sich sofort zu vergewissern, was die Ursache dieses Geräusches war. Als er im nächsten Augenblick wieder nach vorne geschaut hatte, war Vengeur verschwunden. Er dachte erst, der wäre weiter nach vorn gegangen, aber dann hatte er das Kommando durchgezählt und war auf die Zahl Acht statt Neun gekommen.

Das hatte er sofort nach vorne weitergegeben. Und jetzt stapften sie an Weihnachten wegen Vengeur Extrakilometer, Wunderbar! „Fröhliche Weihnachten, Louda", murmelte er.

Vengeur schaute über den Kamm der Düne. Der Trupp hatte die Richtung gewechselt. Sie marschierten zum Checkpoint Beta zurück. Er presste sich in den Sand, schloss die Augen und wartete, bis er das Knirschen des Sandes unter ihren Stiefeln nicht mehr hören konnte. Dann robbte er die ersten fünf Meter vom Kamm der Düne abwärts. Den Rest der Strecke lief er geduckt. Es war leicht gewesen, einen Mann im zwanzig Kilometer entfernt gelegenen Dorf mit ein wenig Geld dazu zu bringen, den Jeep hierher zu fahren. Er stieg in den Wagen, startete das GPS und fuhr in Richtung des Flugplatzes. Sein nächstes Ziel war Paris.

27.12.2008, Wohnung von Vengeur, Quartier Latin, Paris

Jean Vengeur wachte schweißdurchtränkt auf. Er zitterte am ganzen Körper. Sein Blick schweifte durch den Raum. Dann erinnerte er sich daran, dass er sich in seiner Pariser Wohnung befand. Er atmete tief ein und aus. „Es war nur ein Traum", beruhigte er sich. Nach diesen Albträumen konnte er nur selten weiter schlafen. Er entschied aufzustehen. Sein Blick wanderte zur Digitaluhr auf dem Nachttisch. Sie zeigte 17:30 Uhr. Er stand auf und ging ins Badezimmer. Der große Spiegel über dem Waschbecken zeigte einen fast dreißig Jahre alten Mann. Sein Gesicht war ausgezehrt und tiefe Falten gruben sich in seine Stirn – Zeichen des inneren Kampfes, den er seit seiner Kindheit führte. Seine Statur war muskulös. Das jahrelange Training in der Wüste hatte seinen Körper gestählt. Die großen dunkelbraunen Augen besaßen Tiefe. Er hatte sie von seiner Mutter geerbt, und obwohl Vengeur nicht viel innere Ruhe besaß, versteckten sie diese Tatsache erstaunlich gut. Nur wenn man genau hinschaute, erkannte man, dass sie etwas Stechendes hatten. Nase und Mund fügten sich harmonisch in das Gesamtbild ein. Er stellte die Dusche an und genoss das eiskalte Wasser, das an seinem Körper herunterfloss. Nachdem er sich angezogen hatte, ging er ins Café Marie in einer Seitenstraße der Rue Mouffetard, das keine fünf Gehminuten von seiner Wohnung entfernt lag. Auf dem Weg dorthin begegnete er niemandem. Alle Menschen schienen an diesem Tag zu Hause bei ihren Familien zu sein. Im Café setzte er sich in eine abgelegene Ecke. Er und das Pärchen, das schräg gegenüber an einem Tisch an der großen Glasfront saß, waren die einzigen Gäste. Das Paar stammte aus Deutschland.

Nach all den Jahren, in denen Vengeur fast nur Französisch gesprochen hatte, klang seine Muttersprache erschreckend fremd für ihn. Die Beiden unterhielten sich über eine Party, die sie an Silvester bei sich zu Hause geben wollten.

Im Café roch es verführerisch nach gerösteten Kaffeebohnen und frisch gebackenen Croissants. Vengeur bestellte sich einen großen Milchkaffee, ein Croissant, Orangenmarmelade und etwas Butter. Nachdem die Kellnerin alles an den Tisch gebracht hatte, bemerkte er, dass sie den Zucker vergessen hatte. Er sah sich im Café um. Auf dem Tisch des Pärchens entdeckte er einen Zuckerspender. Er entschied, an den beiden sein Deutsch zu erproben. Sein nächstes Ziel war Berlin. Ein wenig Übung konnte nicht schaden. In den letzten fünfzehn Jahren bei der Fremdenlegion hatte er seine Muttersprache kaum benutzt. Er stand auf und ging zum Tisch des Pärchens hinüber.

„Könnten Sie mir bitte den Zucker geben?", fragte er in Hochdeutsch mit leichtem französischem Akzent. Vollkommen unterdrücken konnte er ihn nicht.

„Ja, natürlich", antwortete der Mann und reichte ihm den Spender. Nachdem er sich etwas Zucker in seinen Milchkaffee geschüttet hatte, brachte er dem Pärchen den Spender zurück und bedankte sich. Er schmiegte seinen Rücken an die Stuhllehne und genoss den Milchkaffee.

Eine halbe Stunde später ging er in seine Wohnung zurück und packte seine Sachen. Als er fast fertig war, setzte er sich auf das Bett und blätterte in dem mit braunem Leder eingebundenen Notizbuch. Das Leder fühlte sich abgenutzt an. Jedes Jahr hatte er sie fünfundvierzig Tage beobachtet – seinen kompletten Jahresurlaub dafür genutzt, um ihre Routinen kennen zu lernen. Er wusste, wann sie morgens das Haus verließen und welchen Weg sie zur

Arbeit nahmen. Er kannte ihre Hobbys, ihre Freunde, ihre Lieblingsrestaurants und ihre Laster. Alles hatte er in diesem Notizbuch zusammengetragen, das er längst in und auswendig kannte. Behutsam verstaute er es in der Tasche. Dann nahm er die Machete in die Hand und streichelte über ihren Griff und die zweischneidige Klinge, die er stets so scharf schliff, das bereits eine kleine Unachtsamkeit einen Schnitt zur Folge hatte. Er wickelte sie in ein Tuch und verstaute sie in der Seite seiner Reisetasche. Er schaute sich in der Wohnung um und sog ein letztes Mal den Geruch der Holzmöbel und der alten Holzdielen ein. Vielleicht würde er nie mehr zurückkehren. Er schloss die Wohnungstür ab und machte sich auf den Weg zum Bahnhof.

Herbert Weber war Restaurantleiter im Hotel Grand Empereur. Er war stolz darauf, denn das Grand Empereur war ohne Zweifel das beste Hotel in Berlin und er hatte sich dort einen hervorragenden Ruf erarbeitet. Heute würde ein anstrengender Tag für ihn werden. Eine große Silvesterveranstaltung stand auf dem Plan und er trug die Verantwortung für die Vorbereitung und den reibungslosen Ablauf des Festes. Die Feiertage fielen damit aus, aber das war ihm egal, Familie hatte er nicht und er liebte seinen Job. Weber stieg die Treppe aus dem U-Bahnhof hinauf. Die oberen Stufen waren rutschig. Eine dunkle Eisschicht bedeckte sie. Weber krallte sich an das Geländer und nahm vorsichtig eine Stufe nach der anderen. Oben angekommen sog er die eiskalte Winterluft ein. Sie schmerzte in seinem Hals. Obwohl dieser Winter zweifelsohne zu den wärmeren gehörte, war es an diesem Tag verdammt kalt. Vielleicht lag es auch daran, dass er langsam alt wurde. Mit fünfzig Jahren zählte er zur alten Garde im Hotelbusiness. Sein fast komplett weiß gewordenes Haar zollte diesem Fakt Tribut. Er freute sich zwar nicht darüber, aber mit dem Älterwerden musste er sich wohl abfinden. Einen Weg daran vorbei gab es nicht.

Weber blickte auf den menschenleeren Platz. Er genoss die Ruhe, den dieser Ort früh morgens verströmte. Sonst gehörte er zu einem der bewegtesten Plätze Berlins und wurde von Touristen nur so überflutet. Diese schauten sich die Überreste der Berliner Mauer an, die direkt am Ausgang des S-Bahnhofes aufgestellt waren oder machten auf dem Weg zum Holocaustmahnmal hier Halt. Dessen große lange Betonstehlen luden Kinder zum Versteckenspielen ein, und Weber freute sich jedes Mal, wenn er sie sah.

Durch die Kinder als Zeichen der neuen Generation wurde die dunkle Geschichte, an die das Gebilde erinnerte, mit einem optimistischen Blick in die Zukunft abgerundet. Er schaute auf seine Armbanduhr. Es war 05:55 Uhr. „Genug Zeit für eine Zigarette", dachte er sich. Heute würde er den Tag über keine zweite Chance dafür bekommen. Er griff in die Brusttasche seines Mantels und holte ein silbernes Zigarettenetui hervor. Es waren nur noch wenige Zigaretten enthalten. Er steckte das Etui zurück und lenkte seine Schritte nach rechts in Richtung der kleinen Gasse, an deren Ende ein Kiosk lag. Dort holte er sich jeden Montag zwei neue Packungen. Seine Schritte hallten auf den rechteckigen Pflastersteinen, als ob er einen mit Marmor gefliesten Gang entlang ging. Der Eingang der Gasse war stockfinster. In ihrer Mitte konnte er einen kleinen Lichtkegel erkennen, der den Weg und die Wand der Gasse in einem Umfeld von weniger als zwei Metern erhellte. Es schien gerade genug Licht, um die Pflastersteine und die feuchten Wände der Gasse zu erkennen. Am Ende der Gasse flimmerte die Lichtwerbung des Ladens. Der Weg zwischen den Lichtinseln lag im Dunkeln. Er spürte einen scharfen Luftzug an der Wange und im gleichen Moment sah er aus dem Augenwinkel, dass sich irgendetwas bewegte. Er spürte, wie sich seine Beinhaare aufstellten.

„Nur eine Ratte oder eine Taube", versuchte er sich zu beruhigen. „Jetzt stell dich nicht so an! Du bist nicht mehr fünf Jahre alt", flüsterte er. Er gab sich einen Ruck und lief in die kleine Gasse hinein.

„Vater, warum?", hallte eine tiefe Stimme an den engen Wänden entlang. Weber erstarrte. Dann drehte er sich wie in Zeitlupe um. Eine große schwarze Gestalt, die in einen langen Mantel gehüllt war, stand am Eingang der Gasse. Er kniff die Augen zusammen, aber er konnte das Gesicht der Gestalt auch mit größter Anstrengung nicht erkennen.

„Was haben Sie gesagt?", fragte er unsicher. Im Vergleich zu dem satten Klang der Stimme des Mannes, hörte er sich lächerlich an.

„Vater, du hast uns verraten", sagte der Unbekannte. Es klang wie eine Anschuldigung, die lange gereift war.

„Wa-was wollen Sie?! Ich habe keine Kinder", Webers Stimme zitterte. Er spürte, wie Angst in jeden Winkel seines Körpers schoss. Zwar war er noch nie von einem Obdachlosen angegriffen worden, aber er hatte schon von solchen Angriffen gehört. Wenn die Kerle betrunken waren, konnte man nie wissen, was sie als nächstes tun würden.

„Ich bin mir todsicher, Vater." Das Wort „todsicher" betonte der Mann auf eine Weise, die Weber noch größere Angst einjagte. Kalter Schweiß lief ihm den Rücken hinunter.

„Möchtest du noch etwas sagen?", fragte der Unbekannte mit einer ekelerregenden Gewissheit.

Weber schluckte. Er musste irgendwie aus der Gasse raus oder besser zu Menschen gelangen, die ihm helfen konnten. Aber an dem Unbekannten vorbei würde er es nicht schaffen. Der nahm mit seinem Körper fast den ganzen Durchmesser der schmalen Gasse ein. Vielleicht konnte ihm der Besitzer des Kiosks helfen. Der war keine dreißig Meter mehr entfernt.

„Wir können doch in Ruhe darüber reden." Weber zitterte am ganzen Körper. Er wollte den Fremden in Sicherheit wiegen.

Die Gestalt lachte verächtlich. „Reden? Ich rede nicht mit Verrätern!"

Weber spürte, dass der Unbekannte ihm direkt in die Augen schaute. Er ging einen Schritt auf ihn zu. Dann noch einen. Weber konnte nicht mehr warten. Er drehte sich um und begann zu rennen. Hinter sich hörte er die Stimme hallen.

„Ja, renn wieder weg wie damals, du Feigling!"

Sein Herz raste, Adrenalin jagte durch seinen Körper. Der Mann schien ihm nicht zu folgen. Hoffnung. Vorn schon die Fahne mit der Aufschrift „Lotto". Fünf Meter noch. Gleich hatte er es geschafft. Endlich. Er zog mit aller Kraft am Türgriff, rüttelte wie ein Verrückter daran. Nichts rührte sich. Er erstarrte. Auf der Innenseite des Türglases hing eine Notiz:

„Liebe Kunden, dieses Jahr gönnen wir uns über die Feiertage eine Ruhepause. Ab dem 02.01.09 sind wir wieder wie gewohnt ab 06:00 Uhr für sie da. Ihnen alles Gute und ein frohes neues Jahr, Ihre Familie Schmidt."

Auf dem Stück Papier stand Webers Todesurteil.

Potsdamer Platz, Berlin-Tiergarten

Es hatte angefangen zu schneien. Die kleinen Flocken schlugen gegen seine Wangen, schmolzen und perlten an ihnen hinunter. Ein feiner metallischer Geruch lag in der Luft. Das Licht der Straßenlaterne spiegelte sich auf der Armbanduhr des Toten. Frank betrachtete die Leiche. Kein schöner Anblick. Hier hatte jemand viel Wut ausgelassen. Das erkannte sein geschultes Auge sofort.

Die Beine waren vom Torso abgetrennt. Ob dies vor oder nach dem Tod geschehen war, würde erst die Obduktion ergeben. Es sah so aus, als hätte der Mörder das Opfer am Weglaufen hindern wollen. Der Tote hatte jeweils ein Bein in jeder Hand. „Makaber", schoss es ihm durch den Kopf. „Die Beine in die Hand nehmen", so sah das Sprichwort also gemordet aus. Die Mimik des Toten war grauenvoll. Der Schmerz, den er hatte erleiden müssen, die Panik und die Qual konnte er ihm vom Gesicht ablesen. Obwohl die Bezeichnung Gesicht zu schmeichelhaft für die Grimasse war, die ihn anstarrte. Die Augen weit aufgerissen, das ganze Gesicht zu einer Fratze verzerrt. Robert Frank spürte, wie Brechreiz seine Kehle hinaufkroch. Er würgte. Schluckte.

Er tastete den Toten ab. Dem Mantel entnahm er die Brieftasche. Er schaute sich den Ausweis des Mannes an: „Herbert Weber" stand auf der Vorderseite. Er drehte den Ausweis um und las die Adresse. Dann steckte er die Brieftasche zurück.

„Hallo, Robert", hörte er die Stimme seiner Partnerin Katharina Wilders neben sich. „Mein Gott, wie der zugerichtet ist." Wilders wurde mit einem Schlag blass. Sie war erst seit fünf Jahren bei der Kripo und hatte bisher wenige Leichen gesehen. Sie war etwas kleiner als Frank, schlank und gerade Anfang dreißig. Ihr Gesicht wurde von schulterlangen braunen Haaren eingerahmt. Gerade konnte man ihm allerdings den Schrecken ablesen, den der Anblick der Leiche hinterließ. Ihre schönen dunkelbraunen Augen wanderten über den Torso.

„Wer ist der Mann?", fragte sie mit belegter Stimme.

„Herbert Weber, er wohnte in der Franklinstraße in Moabit."

„Irgendwelche Zeugen?"

„Der Straßenfeger dort drüben hat ihn entdeckt." Frank zeigte auf den Mann, der mit gesenktem Kopf an der Hauswand am Gasseneingang lehnte.

„Am Ende der Gasse befindet sich ein Kiosk. Ich gehe davon aus, dass Weber dort ermordet wurde. Es befindet sich ein blutiger Handabdruck an der Scheibe. Außerdem gibt es Schleifspuren. Sie führen hierher. Der Täter wollte seinen Mord also nicht verstecken, ganz im Gegenteil, wir sollten ihn finden. Wahrscheinlich hatte der Mörder Wechselsachen dabei, hat kaum Spuren hinterlassen."

„Hast du schon mit dem Straßenfeger gesprochen?"

„Nein, ich wollte mir erst ein Bild vom Opfer und dem Tatort machen."

Wilders ging zu dem Mann hinüber. Er trug die orangefarbene Montur der Berliner Stadtreinigung. Sie konnte sehen, wie sich sein Brustkorb unter den dicken Wintersachen schnell auf und ab bewegte.

„Guten Tag, mein Name ist Katharina Wilders. Ich arbeite bei der Kriminalpolizei."

Der Mann nickte ihr zu. „Ick, ick hab ihn jefunden", stotterte er. Seine Augen waren weit aufgerissen.

„Dürfte ich Ihren Namen erfahren?"

Er reagierte nicht, starrte ins Leere.

„Wie lautet ihr Name?"

Langsam drehte er ihr den Kopf zu. „Schröder, Manfred Schröder", er schnappte nach Luft.

„Ist Ihnen etwas Besonderes aufgefallen, als sie sich dem Tatort genähert haben. Ich meine, haben Sie jemanden gesehen oder vielleicht ein Fahrzeug beobachtet?"

„Nischt hab ick jesehn, stockduster war dit", er fing an zu zittern.

Wilders merkte, dass mit ihm gerade nicht viel anzufangen war. Er stand noch unter Schock, vielleicht konnte sie mehr von ihm erfahren, wenn er sich beruhigt hatte.

„Herr Schröder, bitte gehen Sie zu den Kollegen von der Spurensicherung. Die stehen dort bei dem blauen Einsatzwagen. Bitte hinterlassen Sie Ihre Anschrift. Falls Sie psychologische Hilfe in Anspruch nehmen wollen, können sie Ihnen weiterhelfen."

„Danke, Frau Kommissarin." Er senkte den Blick und trottete zum Einsatzwagen.

Wilders ging wieder zu Frank hinüber.

Robert Frank war Kriminalhauptkommissar in der Mordkommission des LKA Berlin. Er war vierzig Jahre alt, ungefähr einen Meter achtzig groß und hatte braune mittellange Haare. Seine grünen Augen stachen aus seinem Gesicht hervor. Nicht nur seine Kollegin Wilders mochte Frank. Wahrscheinlich auch viele andere Frauen. Seine ruhige Art trug das ihre dazu bei. Das Problem mit ihm war, dass er für seinen Job lebte und sein Privatleben und damit jede Frau, die mit ihm zusammen war, darunter litt.

Frank betrachtete immer noch die Leiche.

„Worüber denkst du nach?", fragte sie ihn.

„Die Mafia mordet häufig in Schaubildern. Sie hinterlässt bei ihren Opfern bestimmte Zeichen wie eine Rose im Mund, was bedeutet, dass ein Verräter zum Schweigen gebracht wurde. Aber jemandem die Beine abzutrennen und in die Hände zu legen, ist eine andere Kategorie." Er drehte sich zu ihr um. „Lass uns fahren."

Nachdem sie im Hauptgebäude der Mordkommission in der Keithstraße in Berlin-Tiergarten angekommen waren, legte Wilders den Fall im Computersystem an und erfasste die Informationen vom Tatort. Frank goss sich einen Kaffee aus der Kanne der vergilbten Kaffeemaschine ein und setzte sich auf die Platte des hellen Holzschreibtisches. Er versuchte, die Tat mit Abstand zu betrachten: Herbert Weber musste überfallen worden sein. Es hatte einen Kampf nahe der Kiosktür gegeben. Der blutige Handabdruck war ein eindeutiges Indiz dafür. Mit ein wenig Glück stammte dieser vom Täter und war gut erhalten, dann konnten sie die Fingerabdrücke mit denen im System abgleichen. Dazu mussten sie jedoch auf die Ergebnisse der Spurensicherung warten und diese waren nicht vor dem Mittag zu erwarten. Er musste unbedingt mit Mainke sprechen. Der Täter war ohne Frage psychisch gestört. Vielleicht konnte ihm der Kriminalpsychologe ein genaueres Bild des Täters zeichnen. Die Tür wurde geöffnet und Wilders kam herein.

„Weber war Restaurantleiter und zwar kein unbekannter. Er hat im Hotel Grand Empereur gearbeitet. Die einzige noch lebende Angehörige ist seine Schwester."

Frank nickte. „Ich fahre erst in seine Wohnung. Dann schaue ich bei der Schwester vorbei."
„Gut. Ich halte hier die Stellung und vereinbare einen Termin mit Webers Chef." Wilders schloss die Tür.

Frank leerte die Kaffeetasse mit einem großen Schluck und nahm seinen Mantel vom Stuhl.

Wohnhaus von Herbert Weber, Franklinstraße, Berlin-Moabit

Frank stand in der Franklinstraße vor Webers Wohnhaus. Die Männer der Spurensicherung würden die Wohnung nach Hinweisen durchsuchen, solange Frank die Nachbarn befragte. Er blickte auf das Klingelschild. Weber hatte im dritten Stock gewohnt. Er klingelte bei Webers Nachbarn auf der gleichen Etage.

„Wer ist da?", fragte eine tiefe Männerstimme.

„Robert Frank, Kriminalpolizei, bitte öffnen Sie die Tür."

„Ja genau, du mich auch", entgegnete der Mann und das Klicken des Lautsprechers verkündete das Ende der Unterhaltung. Frank klingelte wieder. Nichts geschah. Dann bat er einen Kollegen der Spurensicherung die Eingangstür des Hauses mit einem Dietrich zu öffnen. Ungefähr eine Minute später ging er die Treppe in den dritten Stock hinauf. Er klingelte wieder. Diesmal hielt er seine Dienstmarke vor den Türspion. Er hörte Schritte, der Mann schaute durch den Türspion und öffnete die Tür.

„Es tut mir wirklich leid, ich dachte da spielt mir jemand…"

„Schon gut", erwiderte Frank.

„Sind Sie Herr Letz?"

„Ja", antwortete der Mann zögerlich. Er war ein gutes Stück kleiner als Frank und ziemlich dick. Letz blinzelte, als wäre er gerade aus einem tiefen Winterschlaf geweckt worden. Er hatte etwas von einem Maulwurf.

„Was möchten Sie denn? Die Kriminalpolizei kommt nicht jeden Tag bei mir vorbei."

„Darf ich reinkommen? Ich möchte die Sache in Ruhe mit Ihnen besprechen."

„Ja, äh, natürlich, kommen Sie rein", Letz wuchtete seinen massigen Körper in das Innere der Wohnung. Sie bestand aus zwei Zimmern und war spießig eingerichtet. Alles schien seine genaue Ordnung zu haben. An den Wänden hingen alle Bilder auf der gleichen Höhe. Die Vitrinen im Flur beherbergten penibel in Plastikhüllen eingeschweißte Münzen. Letz führte ihn in die Küche und deutete auf einen der beiden dunkelbraunen, hölzernen Küchenstühle. Er ging zur Kaffeemaschine und füllte gemahlenen Kaffee aus einer Messingdose mit einem Messlöffel in eine Filtertüte. Frank machte es sich auf dem Stuhl bequem.

„Ich bin wegen des Todes von Herbert Weber hier.“

„Wa - was Herbert ist tot?“ Letz ließ den Löffel fallen. Er wankte, griff nach der Lehne des anderen Stuhls und setzte sich.

„Herbert Weber ist heute Morgen ermordet aufgefunden worden. Seine Beine wurden vom Körper abgetrennt und in seine Hände gelegt.“

„Das ist barbarisch“, sagte Letz leise und hielt die Hände vor sein Gesicht. Als er sie sinken ließ, sah Frank Tränen in seinen Augen.

„Herr Letz, ich muss Ihnen einige Fragen stellen, fühlen Sie sich in der Lage diese zu beantworten?“

„Ja, wenn das sein muss“, bestätigte Letz mit gebrochener Stimme.

„Beschreiben Sie bitte, woher Sie Herrn Weber kannten und wie Ihr Verhältnis zu ihm war.“

„Herbert und ich haben uns vor sieben Jahren kennengelernt“, brachte er mit Mühe hervor. „Herbert ist damals hier eingezogen. Ich wohne schon seit ich denken kann hier. Meine Eltern sind früh verstorben und haben mir die Wohnung hinterlassen. Erst hatten Herbert und ich ein distanziertes Verhältnis. Er war nur selten zu Hause, weil er viel gearbeitet hat. Dann hat er mich zu seiner Einweihungsfeier eingeladen und dort sind wir uns richtig sympathisch geworden. Wissen Sie, Herbert kann, ich meine konnte extrem gut kochen. Und wie Sie sehen, esse ich gerne. Einmal im Monat haben wir uns abends in seiner Wohnung getroffen. Er hat gekocht, ich habe Wein mitgebracht – in meinem Keller habe ich eine kleine Sammlung." Letz Augen leuchteten für einen Moment. „Wir sind Freunde geworden. Gute sogar", er schniefte.

Auf einmal tat Frank dieser Mann leid. Offensichtlich hatte der Verlust seines Freundes ihn schwer getroffen. Frank wollte ihn nicht unnötig quälen.

„Danke für die Informationen. Ich weiß, es ist schwer für Sie. Wenn Ihnen noch etwas Wichtiges einfällt, rufen Sie mich bitte an." Er gab Letz seine Visitenkarte „Wenn Sie psychologische Unterstützung brauchen, wählen Sie bitte die Nummer des psychologischen Notdienstes. Sie erreichen dann unsere Unterstützungshotline für Bekannte und Verwandte von Mordopfern." Er gab Letz die zweite Karte.

Letz stieß ein klägliches „Danke" hervor. Frank stand auf, klopfte ihm sanft auf die Schulter und verließ die Wohnung.

Als er Webers Wohnung betrat, waren die Leute von der Spurensicherung damit beschäftigt, jeden Winkel der Wohnung genau zu untersuchen. Mit den weißen Schutzanzügen sahen sie aus, als ob sie aus einer anderen Welt stammten. Diese waren aber die Grundvoraussetzung für die Arbeit der Männer. Jede noch so kleine Spur konnte den entscheidenden Hinweis auf den Mörder geben und durfte auf keinen Fall durch den Kontakt mit der eigenen Kleidung oder Haut verunreinigt werden.

Er betrat den Flur der Wohnung und ließ den Eingangsbereich auf sich wirken. Manchmal gab dieser Wohnungsteil mehr über einen Menschen Preis, als alle anderen Räume zusammen. Die

Wände des Flures waren weiß gestrichen und der mit hellem Fischgrätparkett ausgelegte Boden ging fast fließend in sie über.

An der Wand hingen schwarz-weiße Komikzeichnungen in schwarzen Rahmen. Alles wirkte sehr aufgeräumt. Die lange schwarze Holzleiste mit Kleiderhaken, die auf der anderen Seite des Flurs angebracht war, verstärkte diesen Eindruck. Webers Schwäche für Schwarz-Weiß-Kontraste war offensichtlich. Dieser Stil erinnerte Frank an einen seiner Freunde, der als freier Künstler tätig war.

Er ging in das Schlafzimmer. Auch hier schlug sich Webers Schwarz-Weiß-Begeisterung nieder: Die Wände waren weiß. Das Bett und der Kleiderschrank bildeten mit ihrer schwarzen Farbe den Kontrast. Frank schaute sich den Inhalt des Kleiderschrankes an, konnte aber zwischen den schwarzen Anzügen, den ebenfalls schwarzen Fliegen und den weißen Oberhemden nichts Auffälliges entdecken. Alles schien so zu sein, wie Weber es zurückgelassen hatte, als er seine Wohnung das letzte Mal verließ.

Im Badezimmer und der Küche konnte er nichts Interessantes entdecken. Schließlich betrat er den letzten Raum der Wohnung, das Wohnzimmer. Ein großer schwarzer Tisch bildete das Zentrum. Auf ihm fand er neben einem Aschenbecher mit vielen Zigarettenstummeln ein silbernes Feuerzeug mit Webers Initialen. Mehr gab die Wohnung leider nicht her.

Als er Webers ehemaliges Wohnhaus am Nachmittag verließ, war er ernüchtert. Es hatten sich keine weiteren Spuren aufgetan. Weber hatte zu Letz engeren Kontakt gepflegt als zu den anderen Nachbarn. Dies bestätigten die übrigen Bewohner des Hauses. Frank ging zu seinem Dienstwagen, setzte sich auf den Fahrersitz und schloss die Augen. Er sah Webers Gesicht und die von dem Körper abgetrennten Beine. Er fühlte Übelkeit in seinem Magen und sein Brustkorb zog sich zusammen. Er musste den Mörder so schnell wie möglich dingfest machen. Sein Gefühl sagte ihm, dass Weber nicht das letzte Opfer sein würde.

Wohnung von Marja Klipp, Straße „Am Großen Wannsee",
Berlin-Wannsee

Frank saß auf der durchgesessenen grauen Couch im Wohnzimmer von Marja Klipp. Das Zimmer roch nach abgestandenem Holz. Eine riesige dunkle Schrankwand auf der anderen Seite des Zimmers beherbergte etliche Bücher und einen großen Fernseher. Ein weißer Vorhang war halb vor das große Fenster gezogen. Das Zimmer lag im Halbdunkeln. Frau Klipp saß ihm gegenüber auf einem Sessel, der die gleiche triste graue Farbe hatte wie die Couch. Sie war Webers einzige Angehörige. Seine Mutter war vor zwei Jahren verstorben. Nachdem er ihr die traurige Nachricht überbracht hatte, hörte sie nicht mehr auf zu weinen. Trotzdem wollte sie sich der Befragung stellen. Frank hatte ihr erklärt, dass er ein anderes Mal wiederkommen konnte, wenn sie sich beruhigt und den ersten Schock überwunden hatte, aber sie ließ ihn nicht gehen. Vielleicht lag es daran, dass sie allein lebte. Frau Klipp beschrieb das Verhältnis zu ihrem Zwillingsbruder als sehr eng. Sie hatten sich einmal in der Woche getroffen und einander alles anvertraut.

„Frau Klipp, was wissen Sie über den Werdegang Ihres Bruders? Hat er sich in den letzten Jahren oder früher vielleicht Feinde gemacht?", fragte er so einfühlsam wie er konnte.

„Ich denke, er hat hart gearbeitet und sicher einige Neider gehabt. Kein Wunder, bei seiner angesehenen Stellung. Mit seinen Mitarbeitern gab es aber keine Probleme, Herbert war kein tyrannischer Typ, ganz im Gegenteil", brachte sie unter Schluchzen hervor.

„Wie war das Verhältnis zu seinen Vorgesetzten?"

„Herbert und sein Chef waren nicht gerade Freunde. Der hat Herbert, wo er nur konnte, das Leben schwer gemacht. Er war eifersüchtig auf Herbert, weil viele Gäste nur seinetwegen im Grand Empereur aßen. Aber Herbert konnte gut damit umgehen."

„Welchen Job hatte ihr Bruder vor seiner Karriere in der Berliner Hotelszene?"

„Herbert hat eine Ausbildung zum Butler bei den von Maltows, einer bekannten Adelsfamilie in Brandenburg, absolviert und anschließend dort gearbeitet."

Die von Maltows waren wirklich bekannt und wer bei ihnen als Butler tätig gewesen war, hatte es wohl nicht schwer gehabt einen gut bezahlten Job zu bekommen.

„Wie lange hat er dort gearbeitet und warum hat er damit aufgehört?"

„Seine Ausbildung dauerte drei Jahre. Anschließend hat er ein Jahr lang bei den von Maltows gearbeitet. Dann kündigte er."

„Warum?"

Sie mied den Augenkontakt.

„Frau Klipp, ihr Bruder ist ermordet worden. Jetzt ist nicht die richtige Zeit für Geheimnisse."

Sie schaute ihn an.

„Herbert ist ja nun tot, ich denke, ich kann es Ihnen sagen. In der Zeit bei den von Maltows hatte er ein Verhältnis mit der Dame des Hauses. Am Ende wurde ihm die ganze Sache zu riskant. Der alte von Maltow hätte beiden die Hölle heiß gemacht, wenn er das herausgefunden hätte. Deshalb hat Herbert das Weite gesucht. Und jetzt ist er tot." Frau Klipp brach in Tränen aus und es dauerte einige Minuten, bis sie sich wieder beruhigt hatte.

„Frau Klipp, ich kann auch ein anderes Mal wiederkommen."

„Nein, nein, ist schon gut." Sie wischte sich die Tränen mit einem Papiertaschentuch aus den Augen.

„Mit ‚beide' meinten Sie Herrn Weber und seine Geliebte, die Frau des Grafen von Maltow?", fragte Frank, um sicher zu gehen.

„Ja genau. Herbert konnte den Alten von Anfang an nicht leiden. Seinen Erzählungen nach war der ein richtiger Despot, der keinen Widerspruch duldete und bei dem kleinsten Fehler seiner Bediensteten ausrastete. So ging er auch mit seiner Frau um."

„Denken Sie von Maltow wäre fähig sich zu rächen?"

„Nach Herberts Erzählungen zu urteilen ja, aber der Alte ist jetzt schon weit gen siebzig, warum sollte er sich nach über fünfundzwanzig Jahren rächen?" Bei diesen Worten fing Frau Klipp wieder an zu weinen, und diesmal konnte er sie nicht mehr beruhigen. Er rief den psychologischen Notdienst an und bat einen Kollegen in die Wohnung zu kommen, weil er Frau Klipp in diesem Zustand nicht alleine lassen wollte. Vor allem nicht, nachdem er ihr gesagt hatte, dass sie morgen die Leiche ihres Bruders identifizieren musste. Der Psychologe sollte sie lieber darauf vorbereiten.

Zwar hatte Marja Klipp Recht, dass es ziemlich unwahrscheinlich war, dass sich der Graf nach über fünfundzwanzig Jahren rächen würde, aber auch diese Möglichkeit musste er prüfen.

Als Frank wieder im Büro eintraf, rief er beim Grafen von Maltow an und vereinbarte einen Termin im neuen Jahr. Vorher hatte der Graf auf keinen Fall Zeit, wie er von seinem Butler erfuhr.

30.12.2008, Grand Empereur, Potsdamer Platz, Berlin-Tiergarten

Auf dem Weg zum Grand Empereur fuhren sie am Tatort vorbei. Es war nicht zu erkennen, dass gestern dort ein Mord geschehen war. Die Spurensicherung war gleich nach der Meldung des Mordes mit einer Vielzahl von Kräften ausgerückt, und da der Tatort nicht besonders groß war, hatten die Beamten es zügig geschafft, die Spuren aufzunehmen und den Tatort aufzuräumen. Es waren zu dieser Uhrzeit nur wenige Menschen unterwegs gewesen. Die Leiche war schnell geborgen worden, sodass mit etwas Glück kein Passant mitbekommen hatte, was geschehen war. Vielleicht konnten sie die Presse austricksen. Wenn der Straßenfeger, Letz und Marja Klipp dichthielten, war es für die Reporter unmöglich, auf die Idee zu kommen, dass hier ein Mord geschehen war. Presserummel wäre das Letzte, was sie für eine konzentrierte Ermittlungsarbeit gebrauchen konnten.

Frank und Wilders betraten das Grand Empereur. Der Boden bestand aus weißen Marmorquadraten, die von schwarzem Marmor eingefasst waren. Ein riesiger Kronleuchter, an dem zahlreiche weiße Kristalle hingen, erhellte das Foyer. Vier große, beigefarbene Marmorsäulen rahmten es ein und eine massive Marmortreppe führte in die Lobby.

An der Rezeption wurden sie freundlich begrüßt: „Was kann ich für Sie tun, meine Dame und mein Herr?"

„Guten Tag, wir sind von der Kriminalpolizei. Mein Name ist Katharina Wilders. Das ist mein Partner Robert Frank. Ich habe mit Herrn Weichsel einen Termin vereinbart."

Der Mann schaute sie verdutzt an, fasste sich aber schnell. „Einen Moment, ich sage Herrn Weichsel Bescheid."

Er verschwand in dem Raum hinter der Rezeption und kam wenige Augenblicke später zurück. „Herr Weichsel ist in seinem Büro, ich begleite Sie dorthin. Wenn Sie mir bitte folgen."

Der junge Mann führte sie zum Aufzug. Der Fahrstuhl hielt im zehnten Stock. Die Tür öffnete sich mit einem Bimmeln.

„Das Büro von Herrn Weichsel befindet sich am Ende des Ganges." Als der Mann sich auf den Rückweg machte, hielt Frank ihn am Arm fest.

„Ich gehe davon aus, dass Sie mit unserem Besuch vertraulich umgehen."

„Natürlich", antwortete dieser. Er stieg in den Fahrstuhl.

Frank und Wilders folgten dem dunkelblauen Teppich zur Bürotür. Frank klopfte. Ein älterer, schlanker Herr, der deutlich größer war als die beiden Kommissare, öffnete die Tür. Seine blonden Haare hatte er zu einem perfekt sitzenden Mittelscheitel gekämmt wie mit dem Lineal gezogen. Die dunkelrote Krawatte, das weiße Hemd und der anthrazitfarbene Anzug waren Designerware.

„Guten Tag, ich nehme an, Sie sind Frau Wilders und Herr Frank. Mein Name ist Fabian Weichsel." Er streckte ihnen die Hand zur Begrüßung entgegen. Das Lächeln in seinem Gesicht hatte etwas Gezwungenes.

„So ist es", antwortete Frank. Sie betraten das Arbeitszimmer von Weichsel, das im Vergleich zu seiner Erscheinung nüchtern und spartanisch wirkte. Ein großer Schreibtisch mit einer Glasplatte bildete das Zentrum des Büros. Den Boden bedeckten zwei Teppiche, die dem Schutz des Parketts darunter dienten. An den Wänden hingen Fotos von Weichsel in Jagdmontur, jedoch keiner traditionellen, sondern in Großwildjagdmontur. Frank fiel auf, dass Weichsels Frisur auf jedem Foto perfekt saß – wahrscheinlich brachte er sie vor jeder Aufnahme in Form.

„Nun ja, ich mag es geradlinig", erklärte Weichsel als er Franks Blicke registrierte. Er bot ihnen die Stühle vor seinem Schreibtisch an und ließ sich mit einem Seufzer in den Sessel hinter diesem fallen.

„Nicht gut, dass Weber gerade jetzt ausfällt. Wir richten über Neujahr eine große Silvesterfeier aus. Prominente aus Politik und High Society werden sich die Klinke in die Hand geben, und jetzt ist Weber tot. Die Arbeit muss anders organisiert werden."

„Sie scheinen nicht gerade berührt von dem Tod Ihres Restaurantleiters", antwortet ihm Frank.

„Nun, ich will ehrlich zu Ihnen sein. Ich war kein Freund von Weber. Meiner Meinung nach hatte er einen zu laxen Führungsstil seinen Mitarbeitern gegenüber. Gerade in einem Hotel wie diesem dürfen keine Fehler passieren."

Frank holte ein Foto von der Leiche aus seiner Tasche und schob es Weichsel entgegen.

Er betrachtete das Foto. Sein linkes Augenlid begann zu zucken. „Das wünscht man keinem", flüsterte er.

„Können Sie Weber auf dem Foto eindeutig identifizieren?"

„Das ist sein Gesicht, auch wenn es schwer zu erkennen ist."

„Beschreiben Sie bitte Ihre Beziehung zu Herrn Weber", schaltete sich Wilders in das Gespräch ein.

„Eine Beziehung gab es nur auf geschäftlicher Ebene. Ich habe ihm gesagt, was für Termine anstehen, und er hat dafür gesorgt, dass im Service- und Küchenbereich alles organisiert wurde. Persönlich hatten wir uns nie viel zu sagen. Wie gesagt, wir hatten verschiedene Auffassungen, was den Führungsstil angeht."

„Jagen Sie immer noch?"

Weichsel schaute Frank verdutzt an.

„Ja, äh, ich versuche noch ab und zu jagen zu gehen. Natürlich nur, wo Tiere zur Großwildjagd freigegeben sind", schob er nach. „Aber in den letzten zwei Jahren hatte ich bedauerlicherweise keine Zeit dafür. Ich habe die Verantwortung für dieses Hotel zu tragen."

„Und was jagen Sie am liebsten?", fragte Frank weiter.

„Na ja, je größer desto besser. Bis jetzt war das größte ein Löwe. In einigen Nationalparks sind sie wegen zu großer Populationen zum Abschuss freigegeben, allerdings nur mit Sondererlaubnis und unter der Bedingung, dass ein Ranger dabei ist." Weichsel begann unruhig auf seinem Stuhl hin und her zu rutschen.

Frank ließ nicht locker: „Was behalten Sie denn von den Tieren, also was nehmen Sie mit nach Hause?"

„Warum fragen Sie das?"

„Schauen Sie sich das Foto mit der Leiche noch einmal an."

Weichsel betrachtete das Foto. „Normalerweise den Kopf und das Fell", antwortete er zögerlich, „natürlich auch mit Sondererlaubnis, sonst würde mir der Zoll einen Strich durch die Rechnung machen. Ich kann Ihnen alle Dokumente zeigen, wenn Sie wollen."

Frank schüttelte den Kopf. „Nein danke, das ist nicht nötig." Dann schaute er Weichsel direkt in die Augen. „Sie können also mit einem Messer umgehen, ich meine irgendwie müssen das Fell und der Kopf ja vom Körper abgetrennt werden?"

„Normalerweise machen das die Ranger!", antwortete Weichsel energisch.

„Wir möchten gerne mit Herrn Webers Mitarbeitern sprechen." Wilders hatte das Gefühl, dass sie mit Weichsel an dieser Stelle nicht weiterkamen.

„Gehen Sie zurück zur Rezeption. Von dort aus wird man Sie zu den Restaurants führen."

„Danke, das reicht uns fürs Erste. Falls Ihnen noch etwas einfällt, können Sie uns anrufen", beendete Frank das Gespräch.

Als sie in den Fahrstuhl stiegen, guckte Wilders Frank unschlüssig an. Er lächelte. „Auf den ersten Blick scheint er mir kosher. Ich wüsste aber gerne, wie gut er tatsächlich mit Messern umgehen kann. Vielleicht hat er ein Motiv, das wir noch nicht kennen. Wir sollten ihn im Hinterkopf behalten."

Wilders nickte. Im ersten Moment hatte sie sich über Franks Fragen nach Weichsels Hobby gewundert, aber in den Jahren der Zusammenarbeit mit ihm hatte sie verstanden, dass ihm Dinge auffielen, die andere übersahen, und dass er ein besonderes Gespür für Menschen hatte.

Der Fahrstuhl hielt im Erdgeschoss. Den Rest des Tages würden sie die Mitarbeiter Webers befragen.

Franks Wohnung, Ludwigkirchplatz, Berlin-Wilmersdorf

Frank öffnete die Tür zu seiner Wohnung. Er war dankbar, nach den stundenlangen Befragungen der Service- und Küchenkräfte endlich nach Hause zu kommen. Er warf seine Jacke auf den Sessel im Wohnzimmer. Für einen Single besaß er eine große Wohnung. Neben seinem Schlaf- und Wohnzimmer hatte sich Frank eine kleine Bibliothek eingerichtet. Hierhin zog es ihn nach der Arbeit. Ein bequemer Ohrensessel vor dem kleinen Kamin machte dieses Zimmer mit Abstand zum gemütlichsten Raum der ganzen Wohnung und lud zum Ausruhen ein. Außerdem beherbergte das Zimmer eine hochmoderne Stereoanlage, deren Lautsprecher einen exzellenten Klang erzeugten. Frank hatte ein Vermögen für sie ausgegeben, aber die Investition nie bereut. In den Kirschholzregalen an den Wänden stachen die Werksammlungen von John Grisham und Haruki Murakami hervor. Nachdem er sich eine Tasse wohlduftenden Jasmin Tee gekochte hatte, leise Jazzmusik den Raum füllte und das Feuer des Kamins wohlig knisterte, ließ er sich in den Sessel fallen und schloss die Augen.

Seitdem er klein war, hatte Frank davon geträumt, als Kommissar zu arbeiten. Als Kind und Jugendlicher hatte er Kriminalromane geradezu verschlungen. Die Scharfsinnigkeit, mit der die Ermittler die Fälle lösten, hatten ihn genauso fasziniert wie die Möglichkeit, mit dieser Art von Arbeit Gewalt zu verhindern und für mehr Gerechtigkeit zu sorgen. Als Kind war er jahrelang von einer Klicke widerwärtiger, abgestumpfter Sadisten aus seiner Klasse gemobbt und verprügelt worden. Als schwächlicher und schüchterner Junge hatte er das ideale Opfer für sie abgegeben. Damals hatte er sich geschworen, dieser Art Mensch das Handwerk zu legen. Deshalb hatte er sich nach dem Abitur für ein duales Studium beim Landeskriminalamt entschieden – zum Ärger seines Vaters, der ihn lieber Jura hätte studieren sehen. Aber Franks Entschluss stand fest. Er suchte Herausforderungen. Und wie sich herausstellte, bot sein Job immer wieder neue. Sicher hatte er damals keine Vorstellung davon gehabt, dass einen Mord aufzuklären auch damit zu tun hatte, Leichen zu sehen, die in der Realität anders aussahen, als die im Fernsehen und Kino gezeigten Opfer. Doch eine, die derart zugerichtet worden war, wie die von Herbert Weber, hatte er noch nie zuvor gesehen. Brutalität, die an Opfern verübt wurde, war ihm nicht fremd, aber dies sprengte den gewohnten Rahmen. Er spürte wie Übelkeit seine Kehle emporkroch. Er hasste Gewalt und Brutalität wie andere Menschen Spinnen verabscheuten. Bisher war er selbst nie in die Situation gekommen, einen Täter erschießen zu müssen und er betete, dass dies auch so bleiben würde. Er wusste nicht, ob er seinen Job nach einem Todesschuss weitermachen konnte. Konnte es gerecht sein, einem Menschen das Leben zu nehmen, egal ob er Gewaltverbrecher war oder nicht? Was würde ihn dann besser machen als den Täter? Das wilde Kreischen einer Krähe, die am Fenster vorbeiflog, holte ihn aus seinen Gedanken zurück.

Er versuchte, die Gespräche von Webers Mitarbeitern Revue passieren zu lassen. Sie waren sehr positiv für ihren Chef ausgefallen. Offensichtlich war er ein äußerst besonnener und ruhiger Mensch gewesen, der seinen Mitarbeitern klare Vorgaben gemacht und sich ihnen gegenüber menschlich und loyal verhalten hatte. Ein Küchengehilfe berichtete, dass Weber sich bei Auseinandersetzungen mit Weichsel stets schützend vor seine Mitarbeiter gestellt hatte. Über den Hoteldirektor hatten Wilders und er sich auch erkundigt und relativ reservierte Antworten erhalten.

Die Angestellten erzählten im Grunde genau das, was er zuvor schon von Weichsel selbst gehört hatte. Sie machten keinen Hehl aus dem sehr kühlen Verhältnis zwischen dem Restaurantleiter und dem Direktor. Auf die Frage, warum Weichsel Weber nicht rausgeschmissen hatte, kam die Antwort, dass Weber in puncto Arbeitserfüllung keine Angriffspunkte geboten habe. Außerdem verkehrten einige prominente Gäste nur wegen seines ausgezeichneten Rufes in den Restaurants des Grand Empereur.

Weichsel wäre körperlich in der Lage gewesen, den Mord zu begehen. Vielleicht besaß er sogar die Fähigkeit, die Leiche mit einem Messer entsprechend zuzurichten, aber das Motiv – Neid auf den Erfolg seines Angestellten – war zu schwach für die Grausamkeit, mit der die Leiche zugerichtet worden war. Frank hatte bei dem Gespräch mit Weichsel nicht das Gefühl gehabt, einem eiskalten Killer gegenüber zu sitzen. Auf der anderen Seite besaßen einige Psychopathen die Fähigkeiten, ihren wahren Charakter erstaunlich gut zu verbergen. Vielleicht gab es ein dunkles Geheimnis zwischen Weichsel und Weber, dass er aufdecken musste. Er wollte auf jeden Fall herausfinden, wie es um Weichsels Fähigkeiten im Umgang mit Klingen bestellt war. Vorerst würde er Weichsel im Auge behalten.

Er öffnete die Augen. Das Feuer im Kamin war fast erloschen. Er stand aus dem Ohrensessel auf, brachte die leere Teetasse in die Küche und ging ins Schlafzimmer. Er knipste die kleine silberne Lampe auf dem Nachttisch an, zog sich aus, streifte die Baumwoll-Boxer Shorts über. Dann legte er sich ins Bett. Sein Körper fühlte sich schwer wie ein Bleianker an. Er schloss die Augen und versuchte seine Arme und Beine zu entspannen.

„Frettchen, wo bist du?", fragte Dennis. „Ach komm Frettchen, lass die Spielchen. Ich finde dich sowieso. Du machst alles nur schlimmer."

Robert zitterte am ganzen Körper. Er hörte wie Dennis' Schritte näherkamen. Er lugte durch den Spalt zwischen der Tür und dem Rahmen des Spinds, in dem er sich versteckte. Die Spinde auf der gegenüberliegenden Seite hatten die gleiche olivgrüne Farbe wie sein Spind. Dann schob sich ein Schatten vor den Spalt und Robert schaute Dennis direkt ins Auge.

„Da bist du also, mein kleines Frettchen", sagte Dennis in drohendem Tonfall. Er schlug mit der Faust gegen den Spind.

Das Scheppern schmerzte Robert in den Ohren. Er fing an zu weinen.

„Bitte lass mich in Ruhe Dennis, bitte."

Dennis lachte. „Dummes Frettchen, du weißt doch, dass das nicht geht. Es gibt nun einmal Menschen, die verprügeln und Frettchen die verprügelt werden."

Robert krallte die Finger in die Tür des Spinds und zog sie mit aller Kraft an sich. Dennis lehnte gelassen an der Tür.

„Ach Frettchen, du weißt doch, dass es nichts bringt." Er riss an der Tür. Sie schwang auf und schepperte, als sie gegen den Spind zu ihrer rechten knallte. Dennis lächelte Robert an.

„Das Frettchen in seinem Bau." Er holte aus und schlug ihm in den Magen.

Frank riss die Augen auf. Er schaffte es gerade noch, die Bettdecke zur Seite zu werfen und sich über die Kante des Bettes zu wuchten, bevor er sich übergab. Er wischte seinen Mund ab und setzte sich auf die Bettkante. Sein Herz raste und ihm war übel vor Angst.

„Es ist alles gut. Das war nur ein Traum. Heute bin ich in Sicherheit." Er atmete tief ein und langsam aus, wie er es in der Therapie gelernt hatte. Dann wiederholte er die Sätze und atmete wieder. Nach zehn Minuten spürte er, wie die Angst langsam abebbte und sein Herzschlag sich beruhigte. Nach weiteren fünf Minuten stand er auf und ging in die Küche. Er holte sich einen Eimer und ein Tuch. Dann wischte er das Erbrochene von den Dielen und setzte sich auf die Bettkante. Seine letzte Panikattacke war fast drei Jahre her. Vielleicht hatte der Anblick von Weber die Erinnerung an die Zeit in der Grundschule geweckt. Wäre Dennis nicht bei einem Autounfall gestorben, hätte er ihn vielleicht irgendwann totgeprügelt. Er hatte Jahre gebraucht, um die Gewalt, die er damals erlebt hatte, zu verarbeiten. Damals hatte er niemandem davon berichtet. Wenn jemand fragte, warum er blaue Flecken am Körper hatte, schob er es aufs Fußballspielen oder Raufen mit Freunden. Weder seine vielbeschäftigten Eltern noch die Lehrer hatten Verdacht geschöpft.

„Die Erinnerungen sind ein Teil Ihrer Lebensgeschichte. Es geht darum, dass Sie einen guten Umgang mit den Panikattacken lernen und Ihre Vergangenheit nicht mehr verdrängen", erinnerte er sich an die Worte seiner Therapeutin. Frank hatte sich damals wie ein Besessener in den Burnout gearbeitet, um die Erinnerungen, die immer wieder hochkamen, zu verdrängen.

Er spürte die Erschöpfung, die nach den Attacken kam, schaltete die Lampe auf dem Betttisch aus und legte sich hin. Viel Schlaf fand er in dieser Nacht nicht mehr.

Frank ging über den langen Korridor im ersten Stock, dessen grauer Linoleumboden im Licht der grellen Leuchtstoffröhren wie eine verschmutze Eisfläche aussah, zum Büro des Pathologen. Mainke war ein besonnener und trotzdem lustiger Typ, was man bei seinem Job nicht gerade erwarten konnte. Frank hätte keinen Spaß daran gehabt, den ganzen Tag an Leichen rumzuschnippeln – vor allem wenn die so aussahen wie Webers Leiche. Mainke jedoch hatte meistens gute Laune. Gewöhnlich trug er einen weißen Kittel über seinem Anzug, ohne den er nie zur Arbeit kam. Er war klein – etwa einen Meter siebzig groß – trug eine dezente Brille, die aufgrund ihres unauffälligen Gestells den Anschein erweckte, als ob die Gläser ohne jeglichen Halt vor seinen Augen schwebten. Seine schwarzen Haare waren ordentlich nach hinten gekämmt und sahen gepflegt aus. Die beiden exzellenten Abschlüsse in Medizin und Psychologie, bewiesen seine außergewöhnliche Intelligenz. Neben der Leitung der Obduktion hatte Mainke den Ruf, einer der besten Kriminalpsychologen des Landes zu sein. Auch wenn er Obduktionen als sein Haupttätigkeitsgebiet betrachtete und Kriminalpsychologie eher sein Hobby zu sein schien. Als Frank sein Büro betrat, zwinkerte Mainke ihm zu.

„Lass mich raten, du willst genaue Informationen über die Tatwaffe und den Tathergang."

„Treffer! Ich brauche jedes Detail. Was hast du für mich?"

Mainke stellte zwei Tassen auf den Schreibtisch, schob eine zu Frank rüber und goss in beide Kaffee ein.

„Erst mal einen Kaffee, so viel Zeit muss sein."

„Das ist ein vielversprechender Anfang", Frank schmunzelte.

Mainke versenkte zwei Stücke Würfelzucker in seiner Tasse und hielt Frank die Schachtel hin. Der schüttelte den Kopf. Mainke zog die Achseln hoch und verstaute die Schachtel in der obersten Schublade seines Schreibtisches.

„Also, die Tatwaffe ist eine Machete mit einigen Besonderheiten. Sie verfügt über eine sehr lange, doppelschneidigen Klinge. Die Klinge selbst scheint häufig benutzt worden zu sein. Sie weist eine Scharte auf, die in den Schnittverletzungen zu erkennen ist. Ich habe die Abdrücke der Klinge, die ich in den Wunden gefunden habe, mit den Klingenabdrücken hierzulande im Handel befindlicher Macheten verglichen und bin zu dem Ergebnis gekommen, dass es sich um kein Modell handelt, was in Deutschland vertrieben wird. Macheten mit doppelschneidiger Spitze und Klinge sind nicht gerade üblich."

„Wie sieht so eine Machete aus?", unterbrach ihn Frank.

Mainke drehte den Computerbildschirm zu Frank und fuhr mit dem Finger auf dem Foto einer Machete entlang.

„Normale Macheten haben nur eine scharfe Klingenseite. Diese Machete hat an ihrer Spitze zwei scharfe Klingenseiten, wird zur Klingenmitte aber wieder einseitig scharf. Sie kann die normale Funktion einer Machete erfüllen und zusätzlich noch als Stechwerkzeug benutzt werden."

„Und das erkennst du allein anhand der Schnittverletzungen?"

„Häufig ist es schwer, so viele Informationen über die Tatwaffe herauszufinden, denn meistens gibt es nur einen Schnitt oder einen Messerstich. Dieser Mörder hat aber über der Leiche gewütet. Aufgrund der vielen Schnitte und Stiche, die er vorgenommen hat, habe ich viele Informationen über die Waffe herausgefunden."

„Wo bekommt man eine solche Machete her?"

„Normalerweise werden diese Macheten in Regenwaldgebieten in Brasilien oder in Afrika eingesetzt. Dort werden sie auch produziert und verkauft. Es gibt aber noch eine andere Möglichkeit", Mainke lächelte, „das Militär schult Kommandoeinheiten im Rahmen von Survivaltrainings im Umgang mit solche Macheten."

„Du meinst der Mörder könnte ein Soldat sein?"

„Ja, ich denke vor allem an Militäreinheiten der Länder, die noch Militärstützpunkte in ehemaligen Kolonien haben wie England oder Frankreich. Außerdem bin ich davon überzeugt, dass der Mörder weiß, wie man mit dieser Machete umgeht. Ein Laie hätte wahrscheinlich zweihundert Schnitte gebraucht, um die Beine vom Torso abzutrennen, ein Arzt, mit einem Skalpell und einer Säge vielleicht sechzig. Der Mörder hat mit einer Machete also ohne das scharfe Skalpell, mit dem man die Haut aufschneidet, die Sehnen und Knorpel durchtrennt und ohne Säge, mit der man die Knochen durchsägt, ungefähr achtzig Schnitte gebraucht. Eigentlich hat er die Beine mehr abgehackt als abgeschnitten."

Franks Miene verdüsterte sich. „Wir haben es also mit einem Mörder zu tun, der wahrscheinlich Verbindung zum Militär hat und schon mehrere Menschen auf diese Weise getötet haben könnte."

Mainke nickte.

„Der Vorgesetzte des Opfers war häufiger auf Großwildjagd in Afrika. Er könnte im Umgang mit Messern geschult sein."

„Ohne Übung kann man diese Aufgabe nicht mit solcher Effizienz durchführen. Aber lass uns einmal den Tathergang näher betrachten. Der Mord hat nicht direkt am Fundort des Körpers stattgefunden. Die Leiche weist Schleifspuren auf. Meiner Meinung nach wurde sie ein Stück über den Boden gezogen."

„Weber lag am Eingang einer Sackgasse, der Mord hat vor einem Laden am Ende der Gasse stattgefunden", bestätigte Frank Mainkes Einschätzung.

„Das Opfer ist nicht aufgrund der Schnitte, die gesetzt wurden, gestorben. Es sieht so aus, als ob der Täter Weber hat verbluten lassen", führte Mainke aus.

„Du meinst der Täter hat die Schnitte so gesetzt, dass Weber nicht sofort starb, sondern leiden musste?"

„Genau."

Frank schwieg einen Moment. Der Täter ließ sein Opfer leiden. Die Frage war, ob er Spaß daran hatte oder er sie für etwas bezahlen ließ. Ihm wurde übel, aber er versuchte sich zu beherrschen. Er wollte nicht, dass Mainke etwas merkte.

„Was ist mit dem Handabdruck an der Glasscheibe, konntest du da etwas Interessantes finden?"

Mainke schüttelte den Kopf. „Der ist von Weber. Aufgrund des Vertrocknungsgrades des Blutes schätze ich, dass der Mord gegen sechs Uhr geschehen ist. Jetzt kannst du den Großwildjäger zumindest um sein Alibi bitten."

Wenige Minuten später saß Frank in seinem Büro und klärte Wilders über Mainkes Bericht auf.

„Wir müssen rausfinden, ob Weichsel mit großen Messern umgehen kann und ob er uns etwas in Bezug auf Weber verheimlicht", folgerte sie.

„Richtig. Ich habe ihn nach dem Meeting mit Mainke angerufen. Er hat erst wieder im neuen Jahr Zeit. Da wir nichts gegen ihn in der Hand haben, konnte ich ihn zu keinem früheren Treffen zwingen. Auf jeden Fall sind wir am 02.01. abends bei ihm zu Hause."

Turmstraße, Berlin-Moabit

Wilders fuhr zu der Wohnung von Manfred Schröder. Er wohnte in Moabit. Dieser Stadtteil war seit seiner Entstehung ein Arbeiterbezirk und in den letzten Jahren durch seinen billigen Wohnraum Zufluchtsort für Menschen verschiedener Nationalitäten geworden, die in der Hoffnung auf ein besseres Leben nach Deutschland kamen oder hier in zweiter oder dritter Generation lebten. Sie prägten das Gesicht des Stadtteils. Wilders fuhr durch eine vollkommen andere Welt, als sie es vom Umkreis ihrer Wohnung her kannte: Viele türkische Läden säumten die Straßen, unterbrochen von einigen Billigdiscountern. Die Häuser waren größtenteils mit Graffitis bedeckt. Wilders fühlte einen Stich im Herzen, als sie durch eine verkehrsberuhigte Straße fuhr und drei Jungen in zerfransten Klamotten Fußball spielen sah. Der Ball bestand aus schmutzigem zusammengebundenen Plastik. Jedes normale Kind hätte sich geweigert, damit zu spielen.

Sie bog in die Turmstraße ein und parkte ihren Wagen auf dem Bordstein. Nach kurzem Fußweg erreichte sie Schröders Wohnhaus. Es war eines der Häuser, die für Moabiter Verhältnisse in erstaunlich gutem Zustand waren. Die gelb angestrichene Fassade sah einladend aus. Das Haus war von Graffitis weitgehend verschont geblieben. Sie drückte den Klingelknopf neben Schröders Namen. Seine Wohnung lag im fünften Stock. Er stand in der Tür, als sie die letzten Stufen hinaufging. Er lächelte sie freundlich an und bat sie hinein. Die Wohnung wirkte spartanisch. Die Raufasertapeten waren alt. Wilders schätze sie auf gute dreißig Jahre. Der letzte Anstrich musste mindestens zehn Jahre her sein. Die Dielen hatte schon bessere Zeiten gesehen. Vereinzelt waren sie so abgewetzt, dass sie Wilders an Sperrholz erinnerten. Schröders Frau kochte, als sie die Küche passierten. Es roch nach Kohlrouladen und Sauerkraut. Sie lächelte der Kriminalbeamtin freundlich zu. Im Wohnzimmer setzten sie sich auf die große dunkelbraune Stoffcouch, vor der ein billiger Glastisch stand.

„Vielen Dank, dass Sie sich so kurzfristig bereit erklärt haben, mit mir zu sprechen. Je länger die Sache zurückliegt, desto mehr wird die Erinnerung verfälscht", leitete Wilders das Gespräch ein.

„Globen Se mir, dit verjesse ick nich so schnell. Dit war een Schock fürs Leben", versicherte ihr Schröder.

„Erzählen Sie mir bitte, was sich an diesem Morgen zugetragen hat. Fangen Sie am besten mit Ihrem Arbeitsbeginn an."

„Also ick bin wie immer am Dienstag Morjen um viere zur Arbeit jefahren. Ne halbe Stunde später war ick da und bin in meenen Diensttrolly umjestiegen, damit zum Potsdamer jefahren, wo ick um fünfe meene Schicht jestartet habe.

Ick fange hinten bei de Potsdamer Arkaden an zu kehren, dann de normale Route Richtung Cinemaxx und dann zum Grand Empereur. Auf dem Weg dahin kehr ick och de kleene Jasse, wo de Kiosk von de Schmidts is. Da mach ick normalerweise meen Kaffepäuschen. Ick kehre also da lang. Is richtig duster, wa, ick kann kaum meene Hand sehen. Dann komm ick Richtung Jasse. Een paar Meter vorm Einjang steht ne Laterne. Und uff eenmal se ick, dass da wat liegt. Dachte erst, dit is vielleicht een Obdachloser, der's im Suff nich mehr in de Jasse reinjeschafft hat. Ick will een Bogen drumwischen, aber dann komm ick näher und seje, dass da wat Flüssijes aufem Boden is. Komm noch näher und dann merke ick, Mensch Manni, dit is Blut. Dann kieck ick noch jenauer hin und seh, dass de Type die Beene fehlen und der die in de Hände hält. Ick bekomm nen riesen Schreck, nimm meen Handy und ruf de Polizei", Schröder schluckte.

„Ist Ihnen noch irgendetwas anderes aufgefallen?"

„Ick find dit een bisschen komisch, wat se mit dem jemacht haben, ne. Ick meene so ne Leiche mit beede Beene in de Hände sieht man nich alle Taje. Normalerweese hätte der Mann da ja nich hops jehen können", erklärte Schröder.

„Wie meinen Sie das?"

„Na, am Ende von de Jasse, is doch de Kiosk von de Schmidts. Der hat ab sechse offen. Globen Se een Mörder, mordet am Einjang von ner Jasse, wo sonst ab sechse Menschen rinnjehn? Der is doch nich blöde. Aber dieset Jahr hatten de Schmidts sich über dit Neue Jahr mal een Päuschen jegönnt. Dit war aber ne absolute Ausnahme. Seit ick de Schmidts kenne, haben se dit nie jemacht. Dit is dit eenzige, wat mich an de Jeschichte wundert, mal davon abjesehn, wie de Tote ausjekiekt hat."

„Sie meinen also, das ist eine absolute Ausnahme gewesen, sonst hat der Kiosk immer am 29. Dezember offen", wiederholte sie Schröders Worte.

„Jenau, sonst is am 29. bis 31. Dezember immer offen", bestätigte Schröder.

Wilders musste die Schmidts vernehmen. „Was wissen Sie über die Familie, ich meine, wie lange kennen Sie die schon?"

„De Schimdts kenn ick, seitdem ick de Route mache. Dit is so fufzehn Jahre. Ick hol mir da immer meenen Kaffe, wie jesagt. Und manchmal jibt mir de Gisela noch wat zum Knabbern umsonst. Nette Leutchen sind dit", beantwortete Schröder die Frage.

„Wissen Sie, warum die Schmidts dieses Jahr nicht offen hatten?", Wilders spürte wie die Anspannung in ihr wuchs, vielleicht kam sie der Lösung des Falles schneller näher, als sie gedacht hatte.

„Ne, keene Ahnung, wat se jemacht haben." Schröder schüttele den Kopf.

Wilders ließ die Antwort auf sich wirken.

„Gut, Herr Schröder, dann bedanke ich mich für Ihre Zeit. Sie haben uns geholfen. Falls Ihnen noch etwas anderes einfällt, rufen Sie mich einfach an." Wilders legte ihre Visitenkarte auf den Tisch. Seinem Aussehen nach zu urteilen brauchte Schröder keine psychologische Betreuung mehr, eher schien es angebracht, ihn auf seine Schweigepflicht bis zur Aufklärung der Tatumstände hinzuweisen, bevor er die Schmidts anrief und von den neusten Neuigkeiten und dem wahrscheinlich baldigen Besuch der Kripo berichtete.

„Herr Schröder, eins noch."

„Jawohl, gnädige Frau."

„Als Zeuge in diesem Mordfall muss ich Sie darüber in Kenntnis setzen, dass Sie unter keinen Umständen mit jemand anderem außer der Polizei über diese Sache reden dürfen." Sie schaute ihm in die Augen.

Schröder fing an mit den Fingern an seinem Hemdkragen rumzunesteln. Seiner Frau hatte er sicher davon erzählt, was ihm auch nicht zu verübeln war. Wahrscheinlich sprach er lieber mit einer vertrauten Person über die ganze Sache als mit einem unbekannten von ein paar Beamten empfohlenen Psychologen, der auf ihn vielleicht noch unsympathisch wirkte. Trotzdem durfte der Vorfall nicht die Runde machen. Die Beschreibung des Leichenfundes könnte wohl jedem Verlag mit einem einigermaßen plakativen Titel zu Höchstauflagen verhelfen.

„Ich gehe davon aus, dass Sie auch Ihre Frau darüber aufklären", fügte Wilders mit einem Seitenblick zur Küche hinzu. Schröder nickte erleichtert. Hoffentlich war seine Frau nicht geschwätzig, sonst war alles zu spät. Wilders wandte sich zum Gehen. Schröder begleitete sie zur Wohnungstür und verabschiedete sich freundlich.

Als sie zu ihrem Auto zurückging, kam ihr ein Mann in einem langen dunklen Mantel entgegen. Seine Augen hatte er mit schwarzem Lidschatten unterstrichen. Er sah außergewöhnlich blass aus und hatte seine schwarzen Haare zu einem Pferdeschwanz zusammengebunden. Der Mann lief schnurstracks auf sie zu und schien praktisch durch sie hindurch zu sehen. Jetzt erkannte sie, dass er eine Kette um seinen Hals trug. Ein großes, silbernes, auf den Kopf gedrehtes Kreuz war an einem schwarzen Lederriemen befestigt und baumelte bei jedem Schritt etwas nach vorne, bevor es im nächsten Augenblick gegen seinen Brustkorb schlug. Den Mann schien das nicht zu stören. Jetzt war er noch knappe zwei Meter entfernt. Wilders wollte ihm ausweichen, aber es war zu spät. Der Mann lief in sie hinein. Leben kam in sein Gesicht und er schaute sie mit weit aufgerissenen Augen an.

„Weiche dem Diener des Prinzen der Dunkelheit!“, raunte er ihr zu. Dann ging er ohne sich umzusehen weiter – tief versunken in seine eigene Welt. Wilders schaute ihm nach. Dem umgedrehten Kreuz und diesem merkwürdigen Spruch nach zu urteilen, schien er einer dieser Satanisten zu sein, die in letzter Zeit eine Art Modebewegung in der Berliner Untergrundszene geworden waren. Für die Kriminalpolizei war es schwer zu beurteilen, ob sie es mit einer Tamagotchi-Boom-Bewegung zu tun hatte oder sich eine ernst zu nehmende radikale Bewegung entwickelte. Wilders versuchte, die Begegnung mit dem Mann abzuschütteln, stieg in ihren Wagen und fuhr zum LKA zurück.

Als sie Franks Büro betrat, saß dieser mit einer Tasse Kaffee an seinem Schreibtisch und tippte die Zeugenaussagen, die er bisher gesammelt hatte, in den Computer. Er hob den Kopf und sah sie an. „Endlich eine Ausrede, um das hier zu unterbrechen. Willst du einen Kaffee?"

„Warum nicht. Es gibt Neuigkeiten." Sie setzte sich auf einen der beiden Stühle vor seinem Schreibtisch und gönnte sich einen großen Schluck Kaffee aus der Tasse, die Frank vor ihr abstellte. Er setzte sich neben sie.

„Dann schieß mal los."

„Der Kiosk in der Gasse ist normalerweise am 29. Dezember geöffnet. Schröder macht die Route seit fünfzehn Jahren und dieses Jahr war das erste Mal, dass am 29. Dezember geschlossen war. Sonst öffnet er immer um sechs Uhr, das heißt, dass die Gasse dann von Passanten frequentiert wird."

Frank runzelte die Stirn. „Wir sollten möglichst bald bei den Inhabern vorbeifahren und fragen, warum sie den Kiosk dieses Jahr geschlossen haben."

Wilders rieb sich die Schulter, sie schmerzte immer noch vom Zusammenprall mit dem Mann.

„Was ist los?", Frank sah besorgt aus.

„Meine Schulter tut weh. Ich bin vorhin auf der Straße mit einem Grufti zusammengeprallt. Der Typ nannte sich selbst einen ‚Diener des Prinzen der Dunkelheit'. Verrückt oder?"

„Was hat er gesagt?"

„Irgendetwas von wegen ‚weiche dem Diener des Prinzen der Dunkelheit.'"

„Satanisten", murmelte Frank und lehnte sich in seinen Stuhl zurück. „Die Idee ist mir noch gar nicht gekommen."

„Welche Idee?"

„So wie Weber zugerichtet war, sieht das nach einem Ritualmord aus. Ritualmorde werden auch von Satanisten begangen. Weber könnte Satanisten zum Opfer gefallen sein."

Wilders überlegte einen Moment. „In Berlin gibt es nur eine bekannte Gruppierung, die Judas-Brüder, und wenn ich mir überlege, was wir bis jetzt mit denen für Erfahrungen gemacht haben, kann ich mir das nicht vorstellen."

Frank erinnerte sich daran, dass er und Wilders vor einem halben Jahr bei der Durchsuchung eines besetzten Hauses durch Zufall bei einem Jugendlichen auf Drogen gestoßen waren. Den Bengel hatten sie mit aufs Revier genommen. Nach einer Stunde Verhör hatte er angefangen zu plaudern. Die Drogen hatte er als Bezahlung für einige Arbeiten von einer Gruppierung namens „Judas-Brüder" bekommen. Anschließend hatten sie sich näher mit den Judas-Brüdern befasst, waren aber zu dem Ergebnis gekommen, dass es sich bei ihnen um eine ungefährliche Szenegruppe von Gothic Fans handelte, die sich ab und zu ein Tänzchen um ein Lagerfeuer gönnten und dabei versuchten, den Teufel zu beschwören – was bis jetzt natürlich nicht sonderlich erfolgreich gewesen war.

„Ich glaube es auch nicht, aber wir sollten es überprüfen, um die Sache ausschließen zu können", erklärte er.

„Kein Problem, wir nehmen uns einfach nochmal den Jugendlichen von damals zur Brust. Im System haben wir sein Profil und auch seine Wohnadresse vermerkt."

Wilders ging zum PC und hatte nach wenigen Sekunden die Information gefunden. „Ich weiß, wo wir hinmüssen. Ich fahre."

„Jawohl, Frau Kommissarin."

Keine vier Kilometer Luftlinie von Frank und Wilders entfernt hatte es sich Vengeur, in seinen langen schwarzen Mantel gehüllt, vor einem der Cafés in der Friedrichstraße bequem gemacht. Er saß zur Verwunderung der Bedienung nicht in dem großzügig geschnittenen Innenraum, sondern hatte unmittelbar vor dem Ladenfenster auf einem der Stühle, die gewöhnlich zu dieser Jahreszeit nur von Rauchern genutzt wurden, Platz genommen.

Draußen pfiff der Wind und das Thermometer zeigte Minusgrade. Schon bei dem Gedanken in die Kälte hinausgehen zu müssen, fröstelte sie, aber der strenge Blick ihres Chefs, sagte ihr, dass es kein Pardon geben würde.

„Guten Tag, was darf ich Ihnen bringen?", fragte sie den Unbekannten freundlich. Vengeur reagierte nicht, sondern starrte auf die andere Straßenseite. In der letzten Nacht hatte er von der Bestie geträumt. Meistens befand er sich danach in einer Art Trance. Er nahm die Gegenwart wahr, aber lebte innerlich in der Vergangenheit.

Diesmal hatte sie ihn und seine Schwester nicht verprügelt. Sie quälte ihn einfach nur mit ihrem Anblick. Nachdem die erste Verzweiflung, die er von seinen Kindertagen her kannte, gewichen war, kam der Hass und der Mut, sich zu wehren. Seine Wut steigerte sich zu wahrer Raserei. Auf einmal erschien eine Faust vor seinen Augen. Erst dachte er, es wäre die Faust der Bestie, um ihn zu prügeln – aber diesmal war es anders. Er starrte die Faust voller Angst an und erkannte, dass sie aus Eisen bestand. Es konnte also unmöglich die Faust der Bestie sein. Er dachte daran, auszuholen und der Bestie mit der Faust ihr widerliches Grinsen aus dem

Antlitz zu schlagen, und tatsächlich machte die Faust eine Ausholbewegung. Dann schaute er die Bestie an. Sie lächelte nicht mehr, sondern hatte die Augen weit aufgerissen. Er ließ die Faust auf ihr Gesicht sausen. Sie schlug mit einem dumpfen Klatschen ein. Als er das schmerzvolle Stöhnen der Bestie hörte, durchströmte ihn ein Gefühl unglaublicher Befriedigung. Es war aber noch lange nicht genug. Wieder und wieder hatte er ausgeholt und sich Genugtuung für das Erlittene verschafft. Nachdem er ihr Gesicht bis zur Unkenntlichkeit entstellt hatte und er gerade zum letzten alles zerstörenden Schlag ansetzen wollte, hörte er das von ihm so verhasste Lachen und kurz danach ihre dröhnende Stimme: „Ganz bekommst du mich nie!" Mit diesen Worten trat sie die Flucht zurück in die Tiefen seiner Seele an. Tiefe Frustration hatte sich in ihm breit gemacht. Er hatte die Chance vertan, die Bestie zu töten – auch wenn es nur im Traum gewesen war.

Eine Stimme holte Vengeur zurück in die Realität. „Was möchten Sie trinken, mein Herr?"

Er zuckte zusammen, dann dreht er den Kopf in die Richtung, aus der die Stimme kam. Seine Augen trafen ihre und sie errötete leicht.

„Einen Milchkaffee mit Zucker bitte."

„Sehr gerne." Sie verschwand mit einem Lächeln auf den Lippen im Café. Während sie den Milchkaffee für den schönen Fremden zubereitete, ließ sie ihn nicht aus den Augen. Lange hatte sie keinen so attraktiven Mann mehr gesehen. Unter dem dicken Mantel konnte sie seinen muskulösen Körper erahnen und malte sich aus, dass es nicht bei einer flüchtigen Bekanntschaft bleiben würde. Dann fiel ihr auf, dass er die ganze Zeit nur in eine Richtung starrte. Sie folgte seinem Blick und ihre Augen fokussierten den Eingang des gegenüberliegenden Gebäudes, ein Geschäfts-

haus mit einer auf Hochglanz polierten Glasfassade. Die Kaffeemaschine röhrte und sie drückte einen der leuchtenden Knöpfe.
Dann blickte sie wieder zu dem Unbekannten. Er fixierte immer
noch das Haus. Aus dessen Eingang kam ein älterer Herr in einem
schicken blauen Designermantel und lief die Friedrichstraße in
Richtung Check-Point-Charlie hinunter. Der Unbekannte erhob
sich langsam aus seinem Stuhl und schaute dem Mann nach. Als
dieser sich ungefähr dreißig Meter vom Hauseingang entfernt
hatte, folgte er ihm. Die Bedienung stellte das Kännchen mit dem
Milchschaum ab und rannte nach draußen. Gerade wollte sie ihm
nachrufen, dass er seinen Milchkaffee noch zu bezahlen hätte, als
ihr Blick auf den Stuhl fiel, auf dem er gesessen hatte. Dort lag ein
Fünf-Euro-Schein, der mit einer Münze beschwert war, um nicht
vom Wind davongeblasen zu werden. Nach Abzug des Preises für
den Milchkaffee hatte sie einen Euro Trinkgeld verdient.

Haus nahe dem S-Bahnhof Jungfernheide, Berlin-Charlottenburg

Frank und Wilders standen vor einem halbverfallenen Wohnhaus. Die Fenster waren fast alle eingeschlagen. Die Fassade bröckelte an einigen Stellen. Ein Metallblech war auf der Höhe des ersten Stockes direkt über dem Eingang befestigt und hob sich deutlich vom Schwarzgrau des Hauses ab.

„Siehst du eine Klingel?“, fragte Frank.

Wilders schaute sich um. Am Hauseingang war kein Klingelschild zu sehen. Schließlich fiel ihr Blick auf einen Haufen Pflastersteine neben dem Eingang. Sie überlegte kurz, dann griff sie einen Stein und warf ihn gegen das Blech. Es schepperte.

„Laut genug war es.“

„Hoffentlich kommt Böhme raus, sieht nicht gerade einladend aus“, antwortete Wilders. Etwa dreißig Sekunden später guckte ein Rotschopf aus einem der Fenster im ersten Stock: „Wer da, wat wollta?“, fragte er mit pseudo-aggressiver Stimme.

„Wir wollen mit Tilo Böhme sprechen“, antwortete Frank. „Ist er da?“

„Gute Frage, wie lautet denn das Codewort?“, der Rotschopf lachte laut.

„Ist er da oder nicht?“, fragte Frank.

„Codewort, sonst könnta euch gleich vom Acker machen!“

Wilders reichte das Spielchen. „Das Codewort lautet Kripo Berlin, Mordkommission, und wenn jetzt nicht gleich was kommt, womit ich zufrieden bin, rufe ich meine Kollegen an und lasse das Haus räumen. Spätestens dann weiß ich, ob Tilo Böhme da ist oder nicht.“

Der Bengel schluckte. „Ist ja gut, ich führ Sie zu ihm.“

Wilders schaute Frank an und schüttelte den Kopf. „Ich gehe da auf keinen Fall rein!" Allein der Gedanke an all das Ungeziefer, von dem es da drinnen wahrscheinlich nur so wimmelte, schreckte sie ab. Aber da er nur mit den Achseln zuckte und in Richtung Haus ging, blieb ihr nichts anderes übrig, als ihm zu folgen.

Sie wurden vom Rotschopf durch das Erdgeschoss geführt. Spinnweben hingen in fetten Waben von der Decke und bestätigten Wilders Vorahnung. Sie spürte Ekel in ihrer Kehle. Eigentlich war sie gegenüber Insekten nicht empfindlich. Käfer waren in Ordnung, sofern ihre Beine nicht zu lang waren, aber Spinnen waren etwas ganz anderes. Die achtbeinigen Viecher waren ihr einfach nicht geheuer. Sie folgte Frank so dicht wie möglich. Vielleicht konnte er ihr als eine Art Schutzschild vor einer sich abseilenden Spinne dienen. Einen Moment später lief ihnen eine fette Ratte über den Weg. Sie machte sich ungeniert über einen toten Artgenossen, der neben einer Treppe lag, her. Wilders musste sich fast übergeben. Sie griff Frank an die Schulter.

Im ersten Stock des Hauses lichtete sich der Ungezieferdschungel und man konnte fast denken, dass hier ab und zu sauber gemacht wurde. Der Rotschopf führte sie wortlos zu Böhmes Zimmer. Ihm hatte Wilders Auftritt die Sprache verschlagen. Wahrscheinlich hielt er es für das Beste den Mund zu halten, um sich keine weiteren Schwierigkeiten einzuhandeln. Er klopfte auf eine Spanholzplatte, die vor einem der Zimmereingänge stand.

„Besuch", sagte er.

„Kann reinkommen", antwortete Böhme.

Der Rotschopf stellte die Platte beiseite. Wilders und Frank betraten den Raum. Böhme lag auf einem alten, staubigen Sofa, das sich im Zentrum des Raumes befand. In der Ecke des Zimmers stand ein Heizofen, in dem ein paar Äste loderten. Zumindest gab es hier keine Spinnweben und das Fenster in dem Zimmer besaß sogar noch eine intakte Glasscheibe. Also eine echte Luxussuite. Sogar die selbstkonstruierte Abzugsleitung des Holzofens funktionierte. Böhme war älter geworden. Von dem Jugendlichen, den sie damals festgenommen hatten, war nicht mehr viel zu sehen. Nur sein Kleidungsstil war der gleiche geblieben. Unter der braunen Lederjacke trug er einen ausgeblichenen, grauen Kapuzenpullover. Die schwarze Hose war an einigen Stellen eingerissen und er trug immer noch die großen, schwarzen Springerstiefel mit Eisenkappen an der Spitze. Seine Haare waren bis auf einen schmalen Streifen abrasiert. Das, was davon übrig war, hatte eine grelle rote Farbe und war zu einem Kamm in die Höhe gegelt. Böhme schaute die beiden verdutzt an.

„Hallo Tilo", begrüßte Frank ihn.

„Was wollen Se von mir", fragte er in rotzigem Tonfall.

„Erzähl uns mal ein bisschen über deine Bruderschaft." Frank ließ sich in den ranzigen Sessel gegenüber von Tilos Couch fallen. Wilders fuhr ein Schauer über den Rücken. Das Ding war sicher von Ungeziefer besiedelt, und nachher musste sie mit ihm im gleichen Auto fahren.

„Ich habe Ihnen damals schon alles gesagt", entgegnete Böhme, „da gibt´s nichts Neues."

„Dann erzähl uns alles von damals nochmal und zwar schnell", forderte Wilders ihn gereizt auf. Sie wollte keine Sekunde länger als nötig in dieser Bruchbude bleiben.

Er verzog das Gesicht und begann gelangweilt zu erzählen: „Die Judas-Brüder sind ne Vereinigung von Leuten, die glauben, dass Satan cooler ist als Gott. Uns Punker haben die angeheuert, um einfache Dinge für sie zu erledigen. Dafür bekommen wir Schlafplätze, Essen und andere Sachen, die wir brauchen."

„Auch Drogen?", unterbrach Frank.

„Wenn Sie es sagen – aber nur Hasch, keine harten Sachen", fuhr Tilo unbeeindruckt fort. „Wir stehen Schmiere, wenn die anderen sich treffen, erledigen Botengänge und kassieren dafür halt."

„Was treiben diese Satanisten auf ihren Treffen?", fragte Wilders.

„Da kommen ein paar Menschen zusammen, die auf Gothic stehen und bevor sie anfangen Sex zu haben, beten die ein paar anrüchige Sprüche zu Satan, um sich heiß zu machen", Böhme musste Lachen. „Ihnen gefällt es halt ein paar Punker als Wachen zu haben, damit keiner reinplatzt. Außerdem ist es für die angenehm, Leute zu haben, die für sie ein paar Dinge erledigen. Fände ich auch gut, wenn ich´s mir leisten könnte."

„Wurden schon mal Tiere in einem Ritual geopfert oder war mal von Menschenopfern die Rede?", Frank schaute Böhme an.

„Die haben Sex miteinander, mehr nicht. Opfern fände ich abgefahren, aber das ist noch nie vorgekommen. Wie kommen sie darauf?" Er zog die Augenbrauen hoch.

„Du weißt doch, dass wir die Fragen stellen", entgegnete Frank knapp. „Wo trifft man sich denn so?"

„Na ja, meistens außerhalb der City in irgendwelchen Kasernen, die noch aus der Zeit der Alliierten stammen."

„Aha", Frank deutete Wilders an, dass er gehen wollte. Sie hatte nichts dagegen.

„Ihr von der Kripo seid echt auf nem krassen Trip."

Nachdem sie den ersten Schritt ins Freie gesetzt hatte, atmete Wilders tief durch. Sie wollte dieses Haus so schnell wie möglich vergessen. Frank, der sich nicht im Geringsten über den Zustand

des Gebäudes Gedanken zu machen schien, fing an, den Besuch
auszuwerten.

„Die Satanistengeschichte können wir also abhaken."

„Glaubst du, dass Böhme die Wahrheit sagt?"

„Ich bin mir sicher. Er weiß, dass wir ihn jederzeit ohne Probleme aus dem Haus schmeißen können. Das Risiko geht er nicht
ein."

Frank musterte sie. „Du siehst blass aus. Soll ich zurückfah-
ren?"

„Mach das", sie war heilfroh, dass sie endlich hier wegfuhren.

Brandenburger Tor, Berlin-Mitte

Wie jedes Jahr hatten sich am Silvesterabend zigtausende Menschen vor dem Brandenburger Tor versammelt, um gemeinsam in das neue Jahr zu feiern. Die Straße des 17. Juni war von der Siegessäule an bis zum Brandenburger Tor von einer einzigen Menschenmasse eingenommen. Alle fünfzig Meter standen Ordnungskräfte, die hier und da kleinere Rangeleien schlichteten oder einen Sanitäter riefen, wenn sich einer der Halbstarken unter den Feierwilligen etwas zu viel oder zu Hartes gegönnt hatte. Aus Lautsprechern, die in regelmäßigem Abstand am Straßenrand aufgestellt waren, dröhnte laute Musik – Popsongs, unterbrochen von Silvesterklassikern.

Auch Franz Rundstedt hatte sich unter die Menschen gemischt. Er war zweifellos einer der Älteren hier. Mit seinem langen dunkelblauen Designermantel und einem dazu passenden Schal hob er sich deutlich von den anderen ab, die eher leger gekleidet waren. Rundstedt kam jedes Jahr hierher, weil er sich zu Hause an Feiertagen wie diesem einsam fühlte. Geheiratet hatte er nie. Viel zu viele Verpflichtungen und Zwänge, die da auf einen warteten. Seine Firma war sein Lebenswerk. Sie lief hervorragend und er war bereit für sie jedes Opfer zu bringen – auch das der Einsamkeit. Er konnte sich noch gut daran erinnern, wie er sich vor ungefähr fünfundzwanzig Jahren Geld von seinem besten Freund geliehen und als Startkapital für sein Unternehmen eingesetzt hatte. Rundstedt war einer der ersten in Deutschland gewesen, der erkannt hatte, dass amerikanische Marken eine große Anziehungskraft auf die Deutschen hatten. Heute besaß er viele über ganz Deutschland verteilte Kaufhäuser, und die Kauflaune seiner Kunden schien jedes Jahr im gleichen Maße wie seine Einsamkeit zu steigen. Er blieb vor dem Eingang in den nahe gelegenen Tiergarten stehen. Jedes Jahr gönnte er sich einen kurzen Moment der Besinnung, bevor er mit den anderen das neue Jahr begrüßte. Er betrat den fahl beleuchteten Weg. Rundstedt spürte den steinhart gefrorenen Grund aus Erde unter seinen Fußsohlen. Am Rand des Weges wuchsen kniehohe Sträucher, die ohne Blätter wie verdorrte Wüstensträucher aussahen. Eine Zeit lang lief er einfach geradeaus. Schließlich erreichte er die Gaststätte, die im Sommer einen gut besuchten Biergarten betrieb, im Winter aber verweist war. Vor dem Haus befand sich ein kleiner zugefrorener Teich. Rundstedt fröstelte etwas. Es war verdammt kalt hier draußen. Das spürte er trotz seines dicken Mantels. Gerade wollte er sich umdrehen und zurückgehen, als er ein kleines Licht auf der anderen Seite des Teiches wahrnahm. Es sah aus wie ein Glühwürmchen, doch das konnte nicht sein. In Berlin gab es keine. Neugierig näherte er sich dem Lichtkegel. Als er näherkam, erkannte er eine Taschenlampe. Sie lag auf einer Parkbank. Es war eines dieser Modelle, deren Kopf man drehen musste, um es anzustellen. Im Lichtkegel entdeckte er ein beschriebenes Stück Papier. Er hielt einen Moment inne und wollte sich schon abwenden, als er seinen Vornamen als erstes Wort auf dem Papier entzifferte. Ungläubig setzte er sich auf die Bank, nahm das Stück Papier in die Hand und leuchtete es mit der Taschenlampe an – ein Brief:

„Franz, natürlich leihe ich dir das Geld. Zahl es mir zurück, wenn deine Firma läuft."

Rundstedt stockte. Genau das hatte fünfundzwanzig Jahre zuvor sein Freund gesagt. Ihm wurde mulmig. Was sollte das?

Warum lag hier ein Brief mit diesen Worten? Das konnte kein Zufall sein. Er blickte sich um, konnte aber nichts in der Dunkelheit erkennen. Schließlich siegte seine Neugier über die warnende Stimme in ihm und er las weiter:

„Du hast das Geld genommen und geschwiegen. Es war Schweigegeld, es war Blutgeld."

Ihm wurde übel. Jemand wusste, was passiert war, obwohl er es all die Jahre geheim gehalten hatte. Ein Film begann vor seinen Augen abzulaufen:

Er sah sich einen schmalen Kiesweg in Richtung eines von Mauern umgebenen Parks laufen. Er durchschritt das Eingangstor. Auf der rechten und linken Seite des Weges ragten Steine mit Inschriften empor. In einem der Steine war der Name Maria von Maltow eingraviert. Er blieb stehen und legte Blumen auf das Grab.

„Maria, es tut mir leid", sagte er leise, während ihm Tränen über die Wangen liefen. „Bitte verzeih mir", brachte er kaum hörbar hervor.

Ein kalter Windstoß holte ihn zurück in die Gegenwart. Sein Blick wanderte auf das Stück Papier. Die Buchstaben verschwammen vor seinen Augen und wurden erst wieder lesbar, als er die Tränen weggewischt hatte. Er dachte daran, aufzustehen und wegzulaufen, aber etwas zwang ihn weiterzulesen. Es war das Gefühl großer Schuld tief in seiner Seele.

„Blumen tilgen keine Schuld. Auge um Auge, Zahn um Zahn."

Ein Mann in einem langen dunklen Mantel trat lautlos aus einem Gebüsch hinter der Parkbank hervor. Während Rundstedt den letzten Satz las, kam der Mann näher. Er öffnete seinen Mantel und zog eine lange Machete darunter hervor. Rundstedt erstarrte als er einen Schritt hinter sich wahrnahm.

„Heute ist Zahltag!", hörte er eine tiefe Männerstimme sagen.

01.01.2009, Biergarten, Berlin-Tiergarten

Annemarie Radtke betrieb im Sommer den kleinen im Tiergarten gelegenen Biergarten. Er war ein beliebter Treffpunkt der ansässigen Bevölkerung. Im Winter war er jedoch geschlossen, und sie selbst kam nur alle zwei Wochen dorthin, um nach dem Rechten zu sehen. Sie fuhr auf den Parkplatz hinter dem Biergarten. Draußen war es stockduster. Sie nahm ihre Taschenlampe vom Beifahrersitz und knipste sie an. Der Dunst ihres Atems stieg in dem dürftigen Lichtschein auf. Sie fröstelte. Ihre dicke Jacke vermochte sie nur unzureichend gegen die eisige Kälte zu schützen. Nachdem sie aus dem Wagen gestiegen war, suchte sie den Boden vor sich ab. Wie nach Silvester üblich lagen vereinzelt ausgebrannte Raketen herum. Sie ärgerte sich, denn sie würde die Abfälle beseitigen müssen und nicht die knallwütigen Idioten, die Berlin zu Silvester in einen Kriegsschauplatz verwandelten. Bevor sie damit beginnen würde, wollte sie einen kurzen Rundgang um das Haus machen, um zu sehen, ob es die Silvesternacht gut überstanden hatte. Zuerst nahm sie die Fassade in Augenschein. Ihr Weiß war ab und zu von dunklen Stellen durchbrochen, aber auch das – wusste sie aus Erfahrung – war nichts Außergewöhnliches. Manchmal traf eine Silvesterrakete das Haus. Dieses Jahr sah es im Vergleich zum letzten richtig gut aus. An den Wänden erkannte sie keine größeren Schäden. Die Fassade musste im Frühjahr nicht überholt werden. Frau Radtke strich diesen Punkt geistig von ihrer Liste und freute sich darüber, dass sie das Geld für etwas anderes einplanen konnte.

Als sie an der Front des Hauses in Richtung Terrasse lief, fiel ihr Blick auf den kleinen Teich. Der Lichtschein ihrer Taschenlampe streifte seine Oberfläche. Er war zugefroren. Die Eisschicht schimmerte rosa. Sie kam näher. Mitten auf der Eisschicht hatte sich eine Pfütze aus roter Flüssigkeit gebildet. Sie folgte der Spur mit ihrer Taschenlampe. Diese führte zu einer Parkbank. Plötzlich fiel der Lichtstrahl auf das Gesicht eines Mannes. Die Taschenlampe rutschte ihr aus der Hand. Dann fing sie an zu schreien.

Biergarten, Berlin-Tiergarten

Frank traf verkatert am Tatort ein. Den Abend hatte er auf der Party von seinem besten Freund Martin verbracht. Dieser hatte wieder einmal versucht, ihn zu einem Abenteuer mit einer der Frauen auf seiner Party zu bewegen. Martin kam gerade mit seiner Frau aus den Flitterwochen und schien seine eigene sexuelle Einschränkung über ihn ausleben zu wollen. Frank hatte sich mit einigen Frauen unterhalten, dann aber lieber dem Champagner zugesprochen. Der Abend war ohne größere Aufregung an ihm vorbeigezogen. Nur Kopfschmerzen und die Einsicht, dass er mit den Jahren wohl anspruchsvoller bei der Partnerwahl geworden war, blieben. Er parkte sein Auto neben dem großen Polizeiwagen der Spurensicherung. Normalerweise ging er nur im Sommer in diesen Biergarten, um mit seinen Freunden die lauen Abende in gemütlicher Atmosphäre ausklingen zu lassen. Heute aber war er dienstlich hier. Viel hatten die Kollegen von der Polizei nicht gesagt, nur dass er schnell kommen sollte.

„Guten Morgen, Robert", grüßte ihn Jörg Trutski von der Spurensicherung. „Sowas haste noch nicht gesehen. Wir haben erst mal alles gelassen, wie es ist, damit du dir ein Bild machen kannst. Riecht nach viel Arbeit. Er sitzt auf der anderen Seite des Teichs auf der Bank da drüben." Frank blickte in die Richtung, in die Trutski mit seinem Finger zeigte. Die Umrisse der Person, die auf einer Parkbank saß, waren in der Dämmerung des anbrechenden Morgens kaum zu erkennen. Er ging zu ihr hinüber. Auf der Bank saß ein Mann, der einen dunkelblauen Mantel und einen dazu passenden Schal trug. An dem Mantel und dem Schal tropfte Blut herunter. Vor der Bank befand sich eine große Lache. Ein kleiner

Blutstrom zog sich den schmalen Abhang zum Teich hinunter und mündete in einen kleinen Blutsee auf der Eisfläche. Sein Blick wanderte zum Gesicht des Mannes. Es war bleich. Es kam ihm bekannt vor, aber in diesem Moment war er nicht in der Lage, ihm einem Namen zuzuordnen. Die Augen waren geschlossen, aber der Mund war weit aufgerissen. Etwas schaute aus ihm heraus. Frank ging noch einen Schritt nach vorn. Der Mund war mit Geldscheinen vollgestopft. Ihm lief ein kalter Schauer über den Rücken. Er rief Trutski zu sich.

„Jörg, kannst du bitte den Schal vom Hals entfernen."

Er nahm ihn vorsichtig ab. Ein großer Schwall Blut platschte vor Trutski und Frank auf den Boden und eine aufgeschnittene Kehle kam zum Vorschein. Frank konnte den Brechreiz nicht zurückhalten. Er musste sich übergeben. Beide sagten nichts. Frank zog das Handy aus seiner Hosentasche und rief Wilders an. Dann überließ er der Spurensicherung die Leiche. Er setzte sich in seinen Wagen, schaltete die Sitzheizung an und versuchte, Parallelen zu dem Mord an Weber zu finden. Plötzlich lief die Szene aus dem Traum mit Dennis in seinem Kopf ab. Er fing an zu zittern. Die Beifahrertür wurde geöffnet. Frank fuhr zusammen. Wilders schaute ihn an.

„Sorry, ich wollte dich nicht erschrecken."

Frank nickte ihr zu. Sie schloss die Tür. Er begann mit dem üblichen Ritual. Langsames tiefes Atmen und Selbstberuhigung. Einige Minuten später legte sich die Angst. Wilders öffnete die Autotür und setzte sich neben ihn.

„Es war der Gleiche wie bei Weber. Die gleiche Aggression und wieder hinterlässt er eine Nachricht beim Opfer." Sie lehnte ihren Kopf gegen die Autoscheibe.

Frank schwieg.

„Alles ok?“

„Ja. Ich muss das nur sacken lassen“, antwortete er mit brüchiger Stimme. Dann nahm er alle Kraft zusammen. „Weber hat er die Beine in die Hand gelegt. Diesem Opfer hat er Geldscheine in den Rachen gestopft. Ich glaube, ihr Tod soll einen Hinweis auf das Verbrechen geben, dass das Opfer aus seiner Sicht begangen hat und für das es büßen muss. Er hasst sie aus irgendeinem Grund.“

„Soviel Hass kommt nicht von einem Moment zum anderen. Da steckt mehr dahinter. Wir müssen uns beeilen. Ich glaube nicht, dass er schon genug hat“, stellte Wilders bitter fest.

„Dazu brauchen wir mehr Leute, die uns den Schreibkram abnehmen und das muss Emmerling absegnen. Wenn wir zurück im LKA sind, spreche ich mit ihm.“

„Wer hat ihn eigentlich gefunden?“

„Die Besitzerin des Biergartens. Sie stand so stark unter Schock, dass wir den Notarzt gerufen haben und sie ins Krankenhaus gefahren wurde. Die Ärzte geben uns Bescheid, sobald sie vernehmungsfähig ist.“

Frank schwieg eine Weile, dann schaute er Wilders an.

„Lass uns fahren, wir müssen die Identität des Opfers feststellen und Emmerling informieren.“

Motel an der AVUS, Berlin-Charlottenburg

Vengeur war auf dem Weg zum Dach des Motels, in dem er Quartier bezogen hatte. Gestern Nacht hatte er einen langen Spaziergang von seiner Unterkunft am ICC über die Kantstraße und den Kurfürstendamm bis zum Großen Stern und seinem Ziel, dem Brandenburger Tor, gemacht. Die dort versammelte Menschenmasse hatte ihn so beunruhigt, dass er um Mitternacht auf dem Rückweg zum Motel alleine das neue Jahr begrüßt hatte – so wie er es gewohnt war. Trotzdem war die Unruhe nicht gewichen. Von klein auf hatte er gelernt, dass er anderen nicht vertrauen konnte. Sie waren falsch und fielen einen in Momenten, in denen man hilflos war, von hinten an – wie hungrige Wölfe, die die Witterung eines verletzten Tieres aufgenommen hatten. Sein Stiefvater war der schlimmste Wolf gewesen. Er hatte eine Blutspur durch seine Familie gezogen. Bei dem Gedanken an ihn, spürte er, wie sich der unbändige Hass wie ein Stachel tiefer in seine Seele bohrte. Er zwang sich zur Beherrschung. Sein Plan hatte nur Aussicht auf Erfolg, wenn er ihn mit kühlem Kopf umsetzte. Bald war dieser Stachel gezogen und dann musste er keinen Gedanken mehr an die Bestie verschwenden.

Die Treppen waren steil, doch er nahm drei Stufen auf einmal. Das Training in der Wüste fehlte ihm. Den Drill, mit dem er sich ständig an seine Grenzen getrieben hatte, konnte er außerhalb der Wüste nicht aufrechthalten. Nur die magische Einsamkeit, die er dort erlebt hatte, ließ ihn auf unerklärliche Weise stetig Höchstleistungen erbringen und die Grenze seiner Belastbarkeit weiter nach oben verschieben. Er blieb vor einer grau gestrichenen Eisentür stehen. Als er die Türklinke drückte, tat sich nichts. Er griff in seine Hosentasche und zog ein Multifunktionsmesser heraus, dessen Besonderheit ein kleiner eingebauter Dietrich war. Diesen steckte er in das Türschloss und drehte ihn einige Sekunden lang in beide Richtungen. Das Schloss klickte. Er öffnete die Tür und sie gab den Blick auf das Flachdach des Motels frei. Die Sonne hatte bereits ihren Höhepunkt überschritten. Der Boden des Daches war fast vollständig mit Frost bedeckt. Nur vereinzelt konnte er den dunklen Grund erkennen, der aus schwarzem tartanähnlichem Material bestand. Es wehte starker Wind und die gefühlte Temperatur war weit unter null Grad gefallen, trotzdem fühlte er sich hier wohl. Auf das Dach würde während dieser Jahreszeit kein Mensch freiwillig gehen, dazu war es zu lebensfeindlich, genau wie seine Wüste. Er ging zum Rand des Daches und schaute über die hüfthohe Mauer in die Tiefe. Es waren gut fünfzig Meter bis zum Grund. Er setzte sich auf die Mauer und ließ seine Beine in den Abgrund hängen. Dieser erinnerte ihn an den Verlauf seines Lebens, das einem einzigen Gang an der Kante einer tiefen Schlucht glich. Er schaute in den Abgrund. Heute würde er ihn noch nicht verschlingen.

30 Minuten später, LKA-Mordkommission, Büro von Emmerling, Keithstraße, Berlin-Tiergarten

Wilders und Frank saßen auf den beiden Stühlen vor Emmerlings Schreibtisch. Er telefonierte. Frank hatte selten einen so aufgeräumten Schreibtisch gesehen. Emmerling tippte mit einem Finger auf der ledernen Tischunterlage. Rechts davon lagen ein Kugelschreiber, ein Bleistift und ein Radiergummi. Auf der linken Seite befand sich eine dreistöckige anthrazitfarbene Ablage. Jedes Fach war mit einer eigenen Kategorie beschriftet. Eine Lampe mit goldfarbenem Sockel und grünem Glas sorgte für angenehmes Licht. Frank betrachtete Emmerling. Er hatte graues Haar, das er nach hinten gekämmt trug. Sein Gesicht war unscheinbar, nur die dunkelgrüne Brille setzte einen Akzent. Unter seinem Oberhemd zeigte sich ein kleiner Bauchansatz. Auf der Straße hätte er ihn beim Vorbeigehen nicht erkannt. Trotz seiner unauffälligen Erscheinung war er ein kluger Stratege, dachte jederzeit in Kosten-Nutzen-Relationen und war bereit, an einigen Stellen zurückzustecken, wenn er sich davon mittel- oder langfristig Vorteile versprach. Dazu gesellte sich ein ausgeprägter Instinkt für die eigene Karriere. Entsprechend technisch ging er an seinen Job heran. Frank nahm ihm das nicht übel, auch wenn ihm ein Chef, der die gleiche Passion für die Ermittlungsarbeit teilte, lieber gewesen wäre.

Emmerling beendete das Telefongespräch und schaute die beiden an: „Was haben Sie bisher?"

„Zwei sehr brutale Morde", begann Frank zu berichten. „Dem ersten Opfer, Herbert Weber, Restaurantleiter des Grand Empereur, wurden die Beine abgetrennt, bevor er starb. Er wurde nahe dem Hotel in einer Gasse gefunden. Er ist an den Schnittverletzungen verblutet. Anhand des Schnittmusters der Klinge geht Mainke davon aus, dass eine große Machete als Tatwaffe benutzt wurde."

Emmerling zog die Augenbrauen hoch. „Eine Machete?"

„Ja, eine die vom Militär eingesetzt wird."

„Der Mörder ist also ein Profi", Emmerling lehnte sich in seinem Stuhl zurück. „Gibt es noch mehr Informationen über Weber?"

„Nach Beendigung der Schule zog er nach Potsdam, wo er eine Ausbildung als Butler absolvierte und bei einer bekannten Adelsfamilie tätig war – den von Maltows. Dort arbeitet er vier Jahre, bevor er sich in der Berliner Hotelszene einen Namen machte. Weber hatte ein Verhältnis mit der Dame des Hauses, was ihn veranlasste, zu kündigen, da er fürchtete, der Graf von Maltow könnte das Verhältnis entdecken. Die Befragung der Bekannten und Nachbarn Webers hat keine Spur ergeben. Seine Mitarbeiter haben bestätigte, dass er nicht das beste Verhältnis zum Manager des Grand Empereur hatte. Dieser macht keinen Hehl aus den Zwistigkeiten mit Weber. Weichsel, der Hotelmanager, ist Großwildjäger. Sein Hobby hat ihn höchstwahrscheinlich im Umgang mit Messern geschult. Morgen haben wir einen Termin mit ihm und werden seine Ausrüstung prüfen. Allerdings haben wir noch kein klares Motiv."

Emmerling nickte.

„Das zweite Opfer, Franz Rundstedt, wurde heute in der Nähe eines Biergartens im Tiergarten gefunden", fuhr Wilders fort.

„Meinen Sie den Kaufhauskettenbesitzer?", unterbrach Emmerling sie.

Frank hatte wie sein Chef nicht schlecht gestaunt, als Mainke ihm offenbart hatte, wer da getötet worden war. Jeder, der eine der gängigen Berliner Tageszeitungen las, kannte Rundstedt von irgendeinem Foto. Deshalb war ihm das Gesicht der Leiche vertraut vorgekommen.

„Ja, genau den", bestätige Frank.

Emmerling fuhr sich mit der Hand an die Stirn und ließ sich in seinen Bürostuhl sinken. Dann begann er nervös mit den Fingern auf der Stuhllehne zu trommeln.

„Er hat ihm die Kehle durchgeschnitten. Danach Geldscheine, in den Mund gesteckt. Die Tatwaffe konnte noch nicht identifiziert werden, aber Mainke arbeitet mit Hochdruck daran. Zeugen oder Angehörige von Rundstedt vernehmen wir heute", erklärte Wilders.

Emmerling schüttelte den Kopf und rieb sich mit den Händen übers Gesicht. „Rundstedt gehört zur High Society, Weber war als Restaurantleiter des Grand Empereur auch nicht unbekannt. Nicht gut, gar nicht gut! Was weiß die Presse?"

„Bisher noch nichts. Wir haben an beiden Tatorten keine Presse gesehen. Sie wurden ausreichend fotografiert und untersucht, bevor der tägliche Passantenstrom aufkam, sodass sie zwei bis drei Stunden nach der Meldung des Mordes wieder freigegeben werden konnten. Die Zeugen haben wir auf Diskretion hingewiesen", erklärte Wilders.

„Gut", seufzte Emmerling, „wenigstens etwas, ich habe nämlich keine Lust den Bluthunden von der Presse Rede und Antwort stehen zu müssen, solange wir keine Ergebnisse vorweisen können. Gibt es noch etwas, das ich wissen sollte?"

„Meine Nachforschungen zu Rundstedt haben ergeben, dass dieser ein enger Freund der Familie von Maltow war. Der Graf hat ihm das Startkapital für sein Unternehmen geliehen. Wir haben also bei beiden Morden die Verbindungen zu den von Maltows. Bisher können wir den Zusammenhang nicht erklären, aber auch dieser Spur gehen wir nach. Wir haben übermorgen mit dem Grafen von Maltow einen Termin", antwortete Frank.

Emmerling legte die Hände auf die Platte seines Schreibtisches und faltete sie, als ob er beten wollte.

„Die von Maltows, na wunderbar! Noch mehr High Society, das macht die Sache kompliziert. Der Graf besitzt einflussreiche Verbindung zum Geldadel und der Politik. Ihm wird es nicht schmecken, dass Sie ihn mit den Morden in Zusammenhang bringen. Ich vertraue darauf, dass Sie das nötige Fingerspitzengefühl an den Tag legen. Wir haben zu wenige Informationen, um uns der Presse zu stellen, und das ist genug, um von den Medien zerrissen zu werden."

„Wir brauchen mehr Unterstützung. Der Papierkram wächst uns über den Kopf", entgegnete Frank.

„Ich schaue, wo ich Leute abziehen kann, die Ihnen helfen. Und halten Sie mich auf dem Laufenden. Danke für Ihren Bericht."

„Er riecht Blut", stellte Wilders fest, als sie sich ein Stück von der Tür des Büros entfernt hatten.

„Könnte ihm eine Menge Lorbeeren einbringen, wenn wir das aufklären", bestätigte Frank, „oder einen Karriereknick, wenn es in die Hose geht."

02.01.09, Weichsels Appartement, Winkler Straße, Berlin-Grunewald

Am nächsten Morgen standen Frank und Wilders vor einer großen Jugendstilvilla unweit des Dianasees. Wer in Berlin-Grunewald wohnte, zählte zu den reichen Einwohnern der Hauptstadt. Die großzügigen Villen dienten einst den Familien Großindustrieller als Wohnsitz. Keine fünfzehn Minuten Autofahrt entfernt lag der Kurfürstendamm mit seinen Luxusboutiquen und teuren Cafés. „Mitten in der Stadt und dennoch im Grünen" stand auf einem Schild auf der anderen Straßenseite, das den Verkauf von Luxuseigentumswohnungen in einer Stadtvilla bewarb. Besser konnte man den Wohnstil hier kaum beschreiben. Frank war gespannt, wie Weichsel lebte. Die Fassade des Hauses war imposant. Die Mauer des Gebäudes zeigte zahlreiche Verzierungen. Alle Fenster wurden von Säulen oder mannshohen Figuren eingerahmt. Frank glaubte, Verkörperungen griechischer Götter zu erkennen, war sich aber nicht sicher. Den Eingang des Hauses flankierten zwei große Säulen. Der Gehweg bestand aus massiven Schieferplatten. An seinen Rändern wuchsen Zierhecken, die das Erscheinungsbild im Sommer wohl abrundeten.

„Nicht schlecht, ich bin gespannt, wie viele Löwenköpfe über seinem Kamin hängen", scherzte Wilders. Sie gingen zum Hauseingang und Frank drückte auf den Klingelknopf.

„Wer ist dort?", meldete sich Weichsel.

„Kripo Berlin, Robert Frank und Katharina Wilders", erwiderte Frank.

Die Eingangstür des Hauses öffnete sich. Das Treppenhaus war noch imposanter als die Fassade. Hier hatte man nicht an Marmor gespart. In gleichmäßigen Abständen hingen in Goldrahmen eingefasste Spiegel an den Wänden, die den Hausflur größer erschienen ließen. Ein roter Teppich führte die Besucher zum Fahrstuhl, der sie in den zweiten Stock fuhr. Weichsel wartete bereits, perfekt gescheitelt, am Eingang seiner Wohnung.

„Guten Morgen, kommen Sie bitte herein", begrüßte er sie und gab ihnen die Hand. Sie fühlte sich schweißnass an wie nach einem Saunabesuch. Frank und Wilders folgten ihm durch einen langen Flur. Weichsel hatte alle Türen zu den Zimmern seiner Wohnung geschlossen. Er öffnete die Tür am Ende des Flurs und sie betraten sein Arbeitszimmer. Hier erlebten sie ein Déjà-vu. Das Zimmer war exakt so eingerichtet wie Weichsels Arbeitszimmer im Grand Empereur. Der Schreibtisch, die Stühle und die Teppiche glichen sich wie eineiige Zwillinge.

„Sie arbeiten anscheinend gerne", leitete Frank das Gespräch ein.

„Die meiste Zeit bin ich sowieso in meinem Büro im Grand Empereur. Das Hotel ist meine eigentliche Heimat und ohne dieses Arbeitszimmer würde ich mich hier nicht wirklich zu Hause fühlen. Aus Repräsentationszwecken bin ich verpflichtet, einen gewissen Lebensstil zu pflegen, selbst wenn er nicht meiner Persönlichkeit entspricht."

Weichsel nahm hinter seinem Schreibtisch Platz. Wilders und Frank setzten sich auf die Stühle davor.

„Wie kann ich Ihnen weiterhelfen?"

„Wir möchten mit Ihnen über ihr Hobby sprechen. Das heißt, mein Kollege würde sich gerne etwas in Ihrer Wohnung umschauen, während ich Ihnen ein paar Fragen stelle", erklärte Wilders.

„Ich habe Ihnen bereits alles Wichtige darüber erzählt und

meine Wohnung hat ja wohl kaum etwas mit dem Mord zu tun."

„Das lassen Sie unsere Sorge sein, aber wenn es Ihnen anders lieber ist, kommen wir morgen mit einem Durchsuchungsbefehl wieder und nehmen Ihr geliebtes Arbeitszimmer mit zur Zentrale." Frank hatte keine Lust auf lange Diskussionen.

Weichsel wurde blass. „Na gut, aber seien Sie vorsichtig. Für Schäden mache ich Sie haftbar."

„Natürlich", entgegnete Frank gelassen.

Während Wilders mit der Befragung begann, ging Frank zurück in den Flur. Er öffnete die erste Tür rechts von Weichsels Arbeitszimmer. Der Raum war dunkel. Er schaltete das Licht an. Augenscheinlich befand er sich im Schlafzimmer. Es war nicht gerade groß, aber ein Bett, ein Nachttisch und ein Kleiderschrank passten hinein. Das Zimmer sah edel, aber karg aus. An den Wänden befanden sich keine Bilder, nicht einmal ein Spiegel war zu entdecken – das hatte er dem eitlen Hoteldirektor nicht zugetraut. Er schaute in den Nachttisch und unter das Bett. Dort konnte er nichts Auffälliges finden. Der große Kleiderschrank enthielt einige Anzüge und Oberhemden verschiedener Designermarken, dazu noch eine ansehnliche Sammlung von Krawatten. Auch diese besaßen höchste Qualität. Freizeitbekleidung suchte Frank vergebens. Entweder hatte Weichsel wirklich kaum Freizeit oder aber er hatte gründlich aufgeräumt, bevor sie zu ihm gekommen waren.

Als nächstes nahm er sich das Badezimmer vor. Es war geräumig. Im Zentrum stand ein Whirlpool, in dem ohne Probleme drei Personen Platz fanden. Der Boden war mit matten dunkelblauen Kacheln ausgelegt. Goldene Wasserhähne zierten das blaue Marmorwaschbecken. Über ihnen hing ein großer Spiegel. Also frönte Weichsel hier seiner Eitelkeit. Rechts neben dem Spiegel befand sich ein kleiner Schrank auf Augenhöhe. Frank öffnete ihn. Dieser enthielt neben Rasierwasser und teurem Parfum einen altmodischen Rasierpinsel, Rasierschaum und ein Rasiermesser, dessen Klinge im Licht glänzte, als Frank es in die Hand nahm.

„Herr Weichsel, was haben Sie am Montag, dem 29.12.2008 morgens von fünf bis sieben Uhr gemacht?", begann Wilders die Befragung.

„Wieso fragen Sie mich das?"

„Weil ich Sie verdächtige mit dem Mord etwas zu tun zu haben", entgegnete sie selbstbewusst.

Weichsel stutzte für einen kurzen Moment und schluckte. Dann fing er sich wieder. „Um sechs Uhr bin ich aufgestanden, dann habe ich gefrühstückt, mich angezogen und bin ins Büro gefahren. Da bin ich gegen sieben Uhr eingetroffen. Das kann Ihnen der Pförtner bestätigen."

Wilders zog die Augenbrauen hoch. „Kann jemand bezeugen, dass sie zwischen fünf Uhr und der Zeit bis Sie zum Büro gefahren sind zu Hause waren?"

„Der Wachdienst, der mit dem Schutz dieses Hauses beauftragt ist, fährt jede volle Stunde hier vorbei. Vielleicht hat der Wachmann das Licht in der Wohnung gesehen."

„Also kann niemand bezeugen, dass sie hier waren – auch kein Nachbar?"

Weichsel räusperte sich. „Na ja, die Wohnung neben mir ist nicht vermietet und der Nachbar direkt unter mir ist im Urlaub. Außerdem merken meine Nachbarn nicht, wenn ich das Haus verlasse, da der Aufzug keine Geräusche verursacht und die Ausgangstür mit einem Dämpfer ausgestattet ist."

„Also kann niemand bezeugen, dass Sie zwischen fünf und

sieben Uhr, der vermeintlichen Tatzeit des Mordes an Herbert Weber, zu Hause waren."

Weichsel schwieg.

Sie wartete einige Sekunden, in denen sie ihn genau fixierte.

„Kennen Sie Franz Rundstedt?"

„Den Kaufhausbesitzer? Ja, wer kennt ihn nicht?"

„War er öfter im Grand Empereur zu Gast?"

„Er pflegt zweimal die Woche bei uns zu speisen – meistens abends, mit Weber als Bedienung."

„Das heißt, Herr Rundstedt mag Herrn Weber und kommt nur seinetwegen in das Grand Empereur zum Essen?"

Weichsel presste die Lippen zusammen. „Wegen Weber und unserer hervorragenden Küche."

„Bitte beschreiben Sie Ihr Verhältnis zu Franz Rundstedt."

„Er ist ein Gast wie viele andere auch. Da gibt es keine besondere Beziehung. Man grüßt sich, wenn man sich sieht."

Er hatte von Rundstedt in der Gegenwartsform gesprochen. Vielleicht wusste er nichts von dessen Tod oder er war einfach nur clever.

Frank kam zurück in das Zimmer.

„Ich möchte mir gerne ihren Keller anschauen."

Weichsel öffnete eine der Schubladen seines Schreibtisches und übergab ihm den Kellerschlüssel.

„Drücken Sie im Fahrstuhl die Taste K, mein Keller hat die Nummer Vier."

Nachdem Frank das Zimmer verlassen hatte, nahm Wilders das Gespräch wieder auf. „Wie haben Sie den Silvesterabend verbracht?"

„Wie ich Ihnen bereits erklärt habe, war ich auf der Veranstaltung, die alljährlich bei uns stattfindet. Dafür gibt es viele Zeugen.

Sie können jeden Angestellten fragen, ob ich anwesend war."

Die Frage war, ob er ein Alibi für den gesamten Abend hatte oder, ob es eine Lücke gab, in der er Franz Rundstedt ermordet hatte.

Frank schaltete das Licht im Keller an. Der Boden war mit anthrazitfarbenen Steinkacheln ausgelegt, die Wände waren weiß gestrichen. An einer der Türen hing ein goldenes Schild mit der Nummer Vier. Die Tür ließ sich leicht öffnen. Als Frank den Lichtschalter drückte, staunte er nicht schlecht. Am Ende des Raumes hingen drei Löwenköpfe an der Wand. Sie hatten nichts von ihrer natürlichen Wildheit verloren – Wilders konnte also Hellsehen. Alle drei Löwen hatten ihre Mäuler weit aufgerissen und starrten ihn wie ihre Beute an. Frank ballte die Fäuste, als er daran dachte, dass Weichsel diese majestätischen Tiere zur Belustigung erschossen hatte. Sie hatten etwas Besseres verdient, als hier ausgestopft an der Wand zu hängen.

Er sah sich im Keller um. Weichsel hatte den Raum zu seinem Hobbyzimmer umgebaut. In einem Waffenschrank an der rechten Seite hingen Gewehre. Die Front des Schrankes bestand aus Panzerglas. Frank betrachtete die Waffen. Weichsel musste ein Vermögen für sie bezahlt haben. Sie besaßen allesamt große Kaliber und kostspielige Hochpräzisionszielfernrohre. Außerdem befand sich ein großes, langes Jagdmesser in dem Waffenschrank. Es hatte keine Ähnlichkeit mit einer Machete, aber vielleicht konnte Mainke feststellen, wie häufig es benutzt worden war. Dann wussten sie, ob die Ranger wirklich die Messerarbeit verrichteten oder Weichsel selbst Hand anlegte.

Er schaute sich weiter um. Auf einem Sideboard, das an der linken Wand des Zimmers hing, lag Weichsels Wildjägermontur. Ein khakifarbener Safarihut, eine beigefarbene Stoffjacke, dazu passende Hemden und Hosen. Darunter stand ein kleiner Schrank, in dem sich Reiseführer über afrikanische Landstriche aufreihten. Frank hatte recherchiert, ob es wirklich legal war in Afrika auf Löwenjagd zu gehen. Tatsächlich gaben einige Länder Löwen zum Abschuss frei, wenn diese beispielsweise Siedlungen heimsuchten, oder wenn in einem Nationalpark eine zu große Population lebte. Weichsel hatte also die Wahrheit gesagt. Frank ging zurück zur Kellertür, schaltete das Licht aus, schloss die Tür ab und ging die Treppen zur Wohnung hinauf.

Als er wieder zu Weichsel und Wilders stieß, befragte sie diesen gerade über die Beziehung zu Rundstedt. Nachdem er die letzte Frage beantwortet hatte, nutze Frank die Gesprächspause.

„Herr Weichsel, könnten Sie mir bitte das Messer aus Ihrem Waffenschrank aushändigen. Es geht um eine Routineuntersuchung."

Weichsel überlegte einen Moment. „Sie können es haben."

Er ließ sich von Frank den Kellerschlüssel geben und war keine fünf Minuten später mit dem Messer zurück. Seien Sie bitte vorsichtig. Ich habe es aus Afrika mitgebracht.

„Keine Angst, die Kollegen von der Spurensicherung sind Profis. Ein Kollege von der Spurensicherung wird in einer halben Stunde vorbeikommen und Fingerabdrücke von Ihnen nehmen."

„Warum?"

„Ich möchte prüfen lassen, wie oft sie das Messer benutzt haben."

Weichsel schwieg einen Moment. „Wenn das so ist", murmelte er.

„Danke für Ihre Kooperation." Wilders nickte Frank zu. Sie war bereit zu gehen. Weichsel begleitet die beiden zur Wohnungstür.

Im Wagen berichtete Wilders von der Befragung. „Er konnte mir für den ersten Mord kein Alibi geben und am Abend des zweiten Mordes hätte er sich jederzeit von der Silvesterveranstaltung im Grand Empereur zurückziehen können. Den Eindruck eines abgebrühten Killer macht er mir allerdings nicht."

Frank überlegte laut. „Den Eindruck habe ich auch. Weichsel wohnt alleine, er kann sich keinen Zeugen für den ersten Mord herbeizaubern. Und würdest du als Mörder ein großes Jagdmesser in deinem Hobbykeller rumliegen lassen und es der Polizei dann freiwillig aushändigen?"

„Was schlägst du vor?"

„Wir lassen von unseren Leuten sein Alibi für den zweiten Mord prüfen und Mainke das Messer untersuchen, nur um sicher zu gehen. Jetzt konzentrieren wir uns erstmal auf die anderen Zeugen."

Kiosk der Familie Schmidt, Potsdamer Platz, Berlin-Mitte

Wilders machte sich nach dem Besuch bei Weichsel auf den Weg zu den Schmidts. Als sie in die kleine Gasse einbog, hatte sie ein mulmiges Gefühl. Im Winter war es um fünf Uhr nachmittags schon dunkel, aber die kleine Gasse war durch die hohen Wände stockduster. Nur ein schmaler Lampenschein erhellte den mittleren Abschnitt des Wegs zum Kiosk. Die Miniversion einer Straßenlampe, die an der Wand montiert war, sah aus, als ob sie jeden Moment durchbrennen würde. Sie wunderte sich, wie der Kiosk hier überleben konnte. Nur das Werbeschild am Gasseneingang wies darauf hin, dass sich hier ein Laden befand.

Nach dreißig Metern Fußweg hatte sie die Eingangstür des Kiosks erreicht. Nichts war mehr von dem blutigen Handabdruck, der noch vor einigen Tagen die halbe Glasfläche der Tür mit seiner Schleifspur bedeckt hatte, zu sehen. Als sie den Kiosk betrat, bimmelte eine Klingel und kalter Aschegeruch schlug ihr entgegen. Der Mann hinter dem schäbigen Holztresen, auf dem Kaugummis in Ständern angeboten wurden und verschiedene Zeitschriften ausgelegt waren, blickte auf. An der Wand hinter ihm türmten sich Zigaretten verschiedener Marken. Er selbst hielt einen glimmenden Stängel in der Hand.

„Guten Tag, Kripo Berlin, Wilders mein Name", stellte sie sich vor.

„Ach richtig, wir hatten telefoniert. Ich bin Herr Schmidt", antwortete der Mann mit heiserer Stimme. Er lächelte ihr durch einen Nebel von Zigarettenrauch zu, den er beim Reden aus dem Mund und der Nase geblasen hatte und der vom kalten Licht der Leuchtstoffröhre über ihm aufgehellt wurde. Für einen kurzen Moment kamen seine gelben Zähne zum Vorschein. Seine graue Haut wirkte ledrig und der fettige Glanz seiner Haare verriet, dass er sie in den letzten Tagen nicht gewaschen hatte.

„Herr Schmidt, sind wir hier unter vier Augen?", sie sah in dem kleinen Laden keinen Kunden, aber vielleicht hatte Herr Schmidt noch einen Mitarbeiter, der sich in dem Zimmer hinter dem Verkaufsraum aufhielt.

„Wir sind alleine. Ist es denn so wichtig?" Schmidt zog die Augenbrauen hoch und seine Stirn legte sich in Falten. Wilders hatte am Telefon nur gesagt, dass sie ihn gern wegen eines Falls als Zeugen befragen würde, ohne auf Details der Angelegenheit einzugehen.

„Leider ja. Ich ermittle im Mordfall Herbert Weber. Kennen Sie ihn?"

Schmidt öffnete den Mund. Seine Augen weiteten sich. „Was? Herr Weber ist tot?" Er nahm einen tiefen Zug aus seiner Zigarette, ließ etwas Rauch aus seiner Nase entweichen und blies den Rest in Wilders Richtung. Sie versuchte, das Kratzen in ihrem Hals zu unterdrücken, musste aber husten. Herr Schmidt nahm das nicht wahr, sondern starrte in die Nebelschwade vor sich.

„Herr Weber ist, schon seitdem er im Grand Empereur arbeitet, Kunde hier. Zigaretten hat er immer gekauft und manchmal haben wir ein bisschen geplauscht, wenn er noch Zeit für einen Kaffee hatte. Er war ein wichtiger Kunde, hat mich an seine Leute empfohlen. Der Laden ist ja nicht gerade offensichtlich", sinnierte er. „Aber warum kommen Sie wegen des Mordes zu mir?"

„Herr Weber wurde direkt vor Ihrem Kiosk ermordet."

Schmidt starrte Wilders an, als ob sie einen makabren Scherz gemacht hatte, aber als sich ihre Mimik nicht veränderte, begriff er, was geschehen war.

„Mein Gott, Herr Weber ermordet vor meinem Kiosk. Hier kommt niemand mehr her, wenn das die Runde macht. Ich kann schließen." Er schüttelte den Kopf und schlug mit der flachen Hand auf den Tresen.

„Soweit ist es Gott sei Dank noch nicht. Bisher hat die Öffentlichkeit nichts von der Sache erfahren. Ich bin hier, weil wir von einem Zeugen wissen, dass Ihr Laden normalerweise über die Feiertage geöffnet ist. Warum hatten Sie dieses Jahr über Weihnachten und Neujahr geschlossen?"

Schmidt überlegte kurz, bevor er antwortete. „Ich arbeite schon seit vierzig Jahren in diesem Kiosk. Seitdem ich sechzehn Jahre alt bin. Meine Frau teilt sich die Arbeit mit mir. Die einzige Möglichkeit, mit einem Kiosk in dieser Lage zu überleben, ist es, dann zu öffnen, wenn die anderen noch geschlossen haben. Nicht umsonst beginnen wir jeden Tag um halb sechs und haben auch während der Feiertage geöffnet. Aber nach vierzig Jahren Arbeit wollte ich mich einmal wie jeder andere normale Mensch über die Weihnachtsfeiertage und das neue Jahr mit meiner Frau erholen." Er sah müde aus.

„Wie teilen Sie die Schichten normalerweise in dieser Zeit auf?"

„Meine Frau übernimmt die erste Schicht von halb sechs bis vierzehn Uhr und dann arbeite ich ab vierzehn Uhr bis halb neun, außer im letzten Jahr eben, da haben wir frei gemacht."

„War Franz Rundstedt auch ein Kunde von Ihnen?"

„Ich kenne seinen Namen nur aus der Zeitung, habe aber noch nie etwas mit ihm zu tun gehabt."

Für Wilders klang das nach der Wahrheit. Sie hätte den Kiosk selbst gemieden, wenn sie nicht hätte herkommen müssen. Sie überlegte, ob sie noch mit Schmidts Frau sprechen wollte oder ihn nach einem Alibi fragen sollte, aber sie verzichtete darauf.

Trotzdem würde sie überprüfen, ob die Schmidts in letzter Zeit größere Anschaffungen, die nicht im Rahmen ihres normalen Einkommens lagen, getätigt hatten. Vielleicht konnte sie auf diesem Weg herausfinden, ob sie etwas Urlaubsgeld kassiert hatten.

„Herr Schmidt, das war es auch schon. Ich danke Ihnen für Ihre Unterstützung. Falls Ihnen noch etwas einfällt, rufen Sie mich bitte an." Sie legte Ihre Visitenkarte auf den Tresen.

„Ich vertraue auf Ihre Verschwiegenheit in dieser Sache."

„Darauf können Sie sich verlassen. Ich treibe mich doch nicht selbst in den Ruin."

Wilders nickte Schmidt zu und verließ den Laden.

Zur gleichen Zeit in Berlin-Schöneberg

Frank übernahm die Befragung der Biergartenbesitzerin. Frau Radtke wohnte in der Nähe des Winterfeldtplatzes, eine der angesagtesten Gegenden in Schöneberg. Die Parkplatzsuche gestaltete sich dementsprechend schwierig, und als er auch nach zehn Minuten keine passende Parkmöglichkeit gefunden hatte, dachte er wehmütig an die Zeit zurück, in der es Kripobeamten noch erlaubt war, mit einem Kleber am Fenster in zweiter Reihe zu parken. Das war vor ein paar Jahren abgeschafft worden, weil es einige Kollegen mit der Privatnutzung dieses Aufklebers übertrieben hatten und sich zu diesem Zeitpunkt etliche Duplikate unter Zivilpersonen im Umlauf befanden. Schließlich fand er drei Querstraßen von Frau Radtkes Wohnung entfernt einen Parkplatz. Eigentlich wäre es ihm lieber gewesen, sie ins LKA vorzuladen, dann hätte er sich diesen Aufriss sparen können, aber es wäre unfair gewesen. Sie hatte gestern erst den verstümmelten Toten gesehen, die Nacht im Krankenhaus verbracht und war heute morgen erst nach Hause gekommen.

Nach zehn Minuten Fußweg hatte er sein Ziel erreicht und klingelte bei ihr. Das Türschloss surrte wie ein Fernseher im Störsignalmodus. Er öffnete die Tür und ging die Treppe zu ihrer Wohnung hinauf. Sie wartete an der Wohnungstür.

„Guten Tag, Frau Radtke. Ich bin Robert Frank. Wir haben telefoniert.“

Sie nickte mit dem Kopf. „Kommen Sie herein.“

Im Wohnzimmer bot sie ihm einen Sessel an und er fürchtete einen Moment, in den nächsten Stunden eine zweite Marja Klipp zu erleben. Der Sessel, in dem er Platz genommen hatte, war ungefähr so positioniert wie der in Frau Klipps Wohnzimmer. Aber im Unterschied zu Marja Klipps Wohnung war das Wohnzimmer von Frau Radtke alles andere als spießig eingerichtet. Die Couchgarnitur und der schwarze Ledersessel hatten ein modernes Design. Der Wohnzimmertisch bestand aus Glas, in dem in regelmäßigem Abstand kleine Strahler eingesetzt waren. Er beobachtet sie dabei, wie sie einige Zeitschriften vom Tisch räumte. In früheren Jahren mochte sie eine attraktive Frau gewesen sein – ihre Stupsnase und ihre Augen verrieten etwas davon. Nachdem sie die Zeitschriften in einem Ständer unweit der Wohnzimmertür verstaut hatte, setzte sie sich ihm gegenüber.

„Wie geht es Ihnen?"

„Es ist nicht mehr so schlimm wie gestern. Aber es dauert noch eine Weile, bis ich mich von dem Schock erholt habe."

„Das kann ich gut verstehen. Ich habe schon einiges gesehen, aber noch nie so etwas." Beide schwiegen einen Moment.

„Wie kam es, dass sie sich am Neujahrstag in Ihrem Biergarten aufhielten? Sie haben doch eigentlich nur im Sommer geöffnet?"

Frau Radtke lehnte sich in die Couch zurück und faltete die Hände. „Nun, ich fahre jedes Jahr nach Silvester hin, um zu sehen, ob der Biergarten die Nacht gut überstanden hat. Zur Straße des 17. Juni ist es nicht weit. Die eine oder andere Rakete trifft das Haus und beschädigt es. Glücklicherweise kann ich mir einen neuen Außenanstrich dieses Jahr sparen. Aber ich hätte lieber einen neuen Anstrich bezahlt, als diese schreckliche Entdeckung zu machen."

„Das verstehe ich gut. Kannten Sie den Toten?"

„Um ehrlich zu sein, habe ich ihn nur aus etwa zehn Meter Entfernung auf der Bank sitzen sehen. Nachdem ich das Blut entdeckt hatte, traute ich mich nicht näher ran, sondern habe gleich die

Polizei gerufen." Ihre Hände zitterten.

„Sagt Ihnen der Name Franz Rundstedt etwas?"

„Ja, wer kennt ihn nicht." Sie zog die Augenbrauen hoch. „Sie meinen, der Tote war Franz Rundstedt?"

Er nickte. „Kannten Sie ihn persönlich?"

„Nein leider nicht. Ich hätte ihn gerne als Kunden gehabt, das hätte sicher auch andere Personen aus seinem Umfeld angelockt."

„Kennen Sie einen Mann namens Herbert Weber?"

„Ich kenne viele Menschen, die Weber heißen, aber niemanden mit dem Vornamen Herbert."

Er war froh, dass sie nicht wissen wollte, warum er sich nach ihm erkundigte hatte. Sie dachte sich bestimmt ihren Teil, aber je weniger sie über den Fall erfuhr, desto weniger konnte sie weitererzählen. Die Frage nach dem Alibi für die Tatzeit sparte er sich.

„Ist Ihnen an diesem Morgen noch etwas aufgefallen? Haben Sie eine verdächtige Person oder ein Fahrzeug gesehen?"

„Als ich meinen Wagen auf dem Parkplatz vor dem Biergarten geparkt habe, stand dort kein anderes Fahrzeug. Auch bei der Besichtigung des Hauses habe ich niemanden gesehen. Und dann war ich vom Anblick des Toten so geschockt, dass ich nur noch zum Auto gerannt bin und Ihre Kollegen gerufen habe. Danach habe ich mich im Auto eingeschlossen, bis diese kamen."

„Es war sehr mutig von Ihnen, dass Sie vor Ort auf meine Kollegen gewartet haben."

Sie schaute ihn an und ihre Lippen formten ein flüchtiges Lächeln.

„Das reicht erstmal. Wenn Ihnen später etwas einfällt, rufen Sie einfach bei uns an. Meine Kollegen haben Ihnen sicher unsere Nummer gegeben, richtig?"

„Ja, die Nummer habe ich."

„Ich muss Sie darauf hinweisen, dass Sie vorerst mit keinem über diese Sache sprechen dürfen. Kann ich mich darauf verlassen?"

„Ja natürlich. Ich will auch nicht, dass irgendjemand davon erfährt. Das verschreckt mir nur die Gäste." Sie schaute auf den Boden.

„Gut, danke." Er stand auf, gab ihr die Hand und wandte sich zum Gehen. Als Frank aus dem Hauseingang trat, dachte er daran, dass es für Frau Radtke nicht schlecht wäre, wenn die Menschen wüssten, was in der Nähe ihres Restaurants geschehen wäre. Die Touristen würden wahrscheinlich zu der Bank, auf der Rundstedts Leiche gefunden wurde, pilgern.

Frank war auf dem Weg in Mainkes Büro. Er hatte Weichsels Messer in einen Plastikbeutel verstaut. Als er Mainkes Büro betrat, lächelte dieser freundlich.

„Was hast du für mich?", er schaute den Plastikbeutel neugierig an.

„Das ist ein Messer aus der Wohnung eines Verdächtigen. Bitte untersuche es auf Abnutzung und Fingerabdrücke."

Mainke ging zum Mikroskop rüber und schaltete den daran angeschlossenen Bildschirm an. Wenige Sekunden später sahen sie das Messer stark vergrößert auf dem Bildschirm.

„Sieh dir die Klinge an. Sie weist einige Kratzer auf, aber häufig benutzt wurde sie nicht", er fuhr mit dem Zeigefinger am Bildschirm entlang.

„Woher hast du sie?"

„Aus dem Keller des Großwildjägers."

Mainke zog die Augenbrauen hoch. „Ah, der Chef von Weber?"

Frank nickte.

„Du siehst angeschlagen aus."

„Ich habe die letzten Nächte nicht gut geschlafen", antwortete er. Gestern Nacht hatte er wieder von Dennis geträumt.

„Wenn du Unterstützung brauchst, kannst du mit mir sprechen." Mainke war Vertrauenspate. Kollegen konnten Probleme mit ihm in der Gewissheit besprechen, dass er nichts davon weitergab.

„Ich weiß, danke."

Frank ging in sein Büro, dokumentierte das Ergebnis der Untersuchung in der Fallakte und leitete es per Mail an Wilders weiter. Als nächstes Stand der Termin bei Rundstedts Assistenten auf der Liste.

Büro von Franz Rundstedt, Friedrichstraße, Berlin-Mitte

Bevor Frank den Assistenten von Rundstedt traf, bestellte er sich eine heiße Schokolade in einem Eckcafé in der Friedrichstraße. Sein Vorsatz für das neue Jahr lautete, weniger Kaffee zu trinken. Manchmal trank er über den Tag verteilt zwei Kannen. Das hatte mit den ein bis zwei Tassen, die die Gesundheit förderten, nichts mehr zu tun. Als er einen Schluck des wohlduftenden Getränkes zu sich nahm, schien ihm dieser Vorsatz leichter umzusetzen zu sein, als er gedacht hatte.

Die Friedrichstraße war mit Abstand die vornehmste Einkaufsmeile der Stadt. Edelboutiquen reihten sich an beiden Seiten der Straße aneinander. Unterbrochen wurden sie von Cafés, die unverschämt hohe Preise für Kaffee und Kuchen nahmen.

Rundstedts Büro befand sich unweit der Galeries Lafayette – dem wohl exquisitesten Kaufhaus Berlins. Ein Portier begrüßte ihn, als er das Gebäude betrat.

„Guten Tag. Haben Sie einen Termin?"

„Mein Name ist Robert Frank, Kriminalpolizei. Ich bin mit Herrn Renz verabredet."

Der Portier schaute auf den Bildschirm seines Laptops.

„Ich habe Sie gefunden. Sie müssen in das Penthouse. Der Aufzug befindet sich dort drüben." Er zeigte mit seiner Hand auf die andere Seite der Eingangshalle.

„Danke", antwortete Frank.

Im Aufzug begrüßte ihn ein junger Bursche im Anzug.

„Guten Tag, mein Herr. In welches Stockwerk möchten Sie fahren?"

„In das Penthouse."

„Jawohl."

Der junge Mann drückte die Taste PH und der Aufzug setzte sich in Bewegung. Wenige Sekunden später stoppte er sanft.

„Bitte schön." Der junge Mann lächelte ihm freundlich zu und streckte seine Hand aus. Frank schaute ihn ungläubig an. Aber er verzog keine Miene. Frank fischte eine 1-Euro-Münze aus seinem Portemonnaie. Die Enttäuschung war dem Burschen anzusehen.

Ein schmaler roter Teppich führte den Flur entlang zu Rundstedts Büro. An den Wänden hingen goldene Dimmer, die den Flur in ein festliches Licht tauchten. Sie setzen die antiken Gemälde an den Wänden perfekt in Szene. Frank stoppte vor einer großen Eichenholztür, an der ein goldenes Schild mit schwarzen Lettern prangte: FR – Rundstedts Initialen. Er klopfte an der Tür. Doch statt der Eichenholztür öffnete sich eine Glastür auf der rechten Seite des Flurs. Ein junger, gutaussehender Mann in einem anthrazitfarbenen Nadelstreifenanzug kam auf ihn zu.

„Mein Name ist Rudolf Renz, ich bin, ich meine, ich war der Assistent von Herrn Rundstedt."

„Guten Tag, Robert Frank vom LKA Berlin, wir haben telefoniert."

Mit einer Handbewegung deutete Renz in sein Büro. Es war dezent möbliert. Außer einem modernen Schreibtisch und einer Glasvitrine befand sich ein Tisch aus Eichenholz mit zwei schwarzen Lederstühlen in dem Raum. Sie nahmen Platz.

„Ihre Leute waren im neuen Jahr schon vor mir hier", leitete Renz das Gespräch ein.

„Die Kollegen von der Spurensicherung möchten verhindern, dass Hinweise aus Versehen beim Betreten des Büros zerstört werden."

Renz nickte.

„Welchen Aufgabenbereich haben Sie in Herrn Rundstedts Unternehmen übernommen?"

„Ich war für all das zuständig, für das Herr Rundstedt keine Zeit hatte. Er hat an vielen Empfängen, Eröffnungen und Wohltätigkeitsveranstaltungen teilgenommen. Wie Sie sicher wissen, hat er neben einer Kunststiftung auch eine Stiftung für Kinder in der Dritten Welt gegründet. Diese Stiftungen haben einen großen Teil seiner Zeit in Anspruch genommen. Je älter er wurde, desto mehr Gefallen hat er an den Stiftungen gefunden und desto mehr Aufgaben bezüglich der Geschäftsführung der Unternehmen hat er an mich und die anderen Manager übertragen."

„Was verdienen Sie und die anderen Manager pro Monat und an wen fällt die Firma jetzt?"

„Mein persönlicher Verdienst liegt bei zweihundertfünfzigtausend Euro pro Jahr. Die Manager der Firmen verdienen, je nach Größe und Umsatz des Unternehmens, zwischen fünfhunderttausend und einer Million Euro. Jeder von uns erhält am Jahresende eine Gewinnbeteiligung von einem Prozent am Gesamtgewinn. Diese Gewinnbeteiligung hat mir letztes Jahr weitere dreihundertfünfzigtausend Euro eingebracht.

„Was passiert mit dem Unternehmen nach Herrn Rundstedts Tod?"

„Die Manager und ich erhalten ein einmaliges Geschenk von einhunderttausend Euro. Außerdem hat er in seinem Testament festgehalten, dass der gesamte Konzern in eine Stiftung umgewandelt wird. Die jährlichen Einnahmen aus dieser Stiftung fließen dann an seine anderen Stiftungen."

Nach Franks Informationen machte Rundstedt mit seinen Unternehmen mehrere hundert Millionen Euro Gewinn pro Jahr. Zu den Kaufhäusern, mit denen er angefangen hatte, waren im Laufe der Jahre Logistik-, Immobilien- und Tourismusunternehmen hinzugekommen. Das Motiv Habgier, das ihm am wahrscheinlichsten für einen Täter aus den Reihen Rundstedts erschienen war, konnte er gedanklich abhaken. Weder für Renz noch die Manager war Rundstedts Tod lukrativ. Natürlich würde das LKA die Aussage von Renz noch anhand der Bücher des Unternehmens und des Testaments von Rundstedt prüfen, aber Frank zweifelte nicht an ihrem Wahrheitsgehalt.

„Hatte Herr Rundstedt Feinde?"

„Natürlich hatte er Feinde, die ihm seinen Erfolg missgönnten, aber ich glaube nicht, dass einer von ihnen den Mut gehabt hätte, ihn zu ermorden. Seine Prominenz hätte unmittelbar zu Untersuchungen in größerem Umfang geführt."

„Was werden Sie nach dem Verkauf von Rundstedts Imperium machen?"

„Ich werde mir einen neuen Job suchen. Seit der Finanzkrise sind Betriebswirte nicht mehr so hoch im Kurs, aber ich stehe glücklicherweise nicht unter Druck. In den letzten Jahren habe ich erhebliche Teile meines Gehaltes gespart."

„Warum haben Sie das getan?"

„Seit ich klein bin, wollte ich um die Welt segeln. Deshalb wäre ich um ein Haar nach meinem Schulabschluss zur Marine gegangen, aber meine Eltern haben mich dazu bewegt, Betriebswirtschaft zu studieren. Ganz habe ich meinen Traum aber nie aufgegeben. In den letzten Jahren habe ich die nötigen Führerscheine gemacht. Außerdem besitze ich eine kleine Segeljolle. Mit der gehe ich so oft wie möglich auf dem Wannsee segeln."

„Bitte beschreiben Sie Ihr Verhältnis zu Herrn Rundstedt."

Renz räusperte sich. „Ich habe vor zehn Jahren gleich nach meinem Studium bei Herrn Rundstedt angefangen. Er hat mich unter vielen anderen Bewerbern für den Posten ausgesucht. Dabei war Sympathie der entscheidende Faktor. Herr Rundstedt und ich haben seitdem viele Jahre gut zusammengearbeitet. Er war mehr als ein Chef für mich. Er hat mich in schwierigen Situationen, zum Beispiel als meine Eltern starben, sehr unterstützt. Außerdem teilte er meine Leidenschaft für das Segeln."

Renz machte nicht den Eindruck eines Lügners, aber er musste auch diese Aussage prüfen lassen.

„Ist Ihnen Herbert Weber ein Begriff?"

Renz schaute verdutzt.

„Natürlich. Das ist der Restaurantleiter des Grand Empereur. Herr Rundstedt dinierte einmal in der Woche dort. Ich habe einige Unternehmensfeste, die im Grand Empereur stattfanden, mit Herrn Weber organisiert. Ich glaube kaum, dass er in den Mord involviert ist. Herr Weber und Herr Rundstedt unterhielten ein fast freundschaftliches Verhältnis."

Renz war nicht in die Falle getappt. Er hatte von Weber im Präsenz gesprochen. Er ging also davon aus, dass dieser noch lebte.

„Warum fragen Sie mich das?"

„Dazu kann ich Ihnen leider keine Informationen geben."

„Aha." Renz sah verwirrt aus.

„Ich möchte mir das Büro von Herrn Rundstedt ansehen."

Renz stand auf, ging zu seinem Schreibtisch und öffnete eine der Schubladen.

„Hier ist der Schlüssel. Bitte geben Sie ihn ab, wenn sie fertig sind." Er gab Frank einen kleinen goldenen Schlüssel. Frank nahm ihn und machte sich auf den Weg in Rundstedts Büro. Das Schloss hakte, als er die Tür öffnen wollte. Nach dem dritten Versuch ließ sich der Schlüssel umdrehen. Er betrat einen riesigen runden Raum. Die Wände waren mit Holz vertäfelt, in welches als Verzierung französische Lilien eingearbeitet waren. Der Teppich war dunkelgrün und ebenfalls mit goldenen französischen Lilien bestickt. Ein großer Zedernholzschreibtisch im Stil des Rokokos bildet das Herzstück des Zimmers. Etwas rechts davon befand sich ein kleinerer runder Holztisch, um den vier Rokokostühle angeordnet waren. Die Polster der Stühle waren mit dem gleichen Muster, das auch der Boden aufwies, bestickt. Ein Kronleuchter hing von der Decke und flutete den gesamten Raum mit Licht. Das riesige Panoramafenster öffnete den Blick auf die Friedrichstraße und erhellte den Raum zusätzlich. Rundstedts Büro lag auf einer Höhe, die ihm erlaubte, das Treiben in den gegenüberliegenden Gebäuden zu beobachten, ohne dass jemand aus den Fenstern dieser Gebäude in sein Büro schauen konnte. So ließ es sich arbeiten.

Frank betrachtete die Bücherregale auf der linken Seite des Raumes. Ihre Form war der Rundung der Wand angeglichen. Er nahm ein Buch in die Hand und blätterte darin. Es handelte vom Schiffsbau im 18. Jahrhundert. Renz und Rundstedt teilten tatsächlich die Begeisterung für Segelboote. Frank zog das Multifunktionsmesser aus seiner Hosentasche und klopfte die Bücher in den Regalen ab. Aber keines der Bücher gab einen holen Klang von sich. Er ging zu dem Tisch mit den Stühlen. Die Mitte des Tisches zierte eine kunstvoll in das Holz eingearbeitet Kompassrose, deren Spitzen bis an die Tischkante reichten. Frank klopfte den Tisch ab und untersuchte die Tischbeine. Aber auch hier fand er nichts. Als letztes nahm er den Schreibtisch ins Visier. Die Fächer beinhalteten neben einem edlem Füllfederhalter und Papier einen vergoldeten Locher und ein vergoldetes Lineal, in das eine französische Lilie eingearbeitet war. Natürlich.

Franks schaute auf die gegenüberliegende Wand, an der ein großes Gemälde hing. Rundstedt selbst war auf dem Ölgemälde abgebildet. Er trug einen dunklen Anzug, eine Krawatte und ein weißes Hemd. Etwas an dem Bild weckte Franks Neugier. Er ging näher heran. Sein Blick wanderte von Rundstedts Gesicht über die Krawatte zur Brusttasche des Anzugs. Auf Höhe der Brusttasche erkannte er eine kleine Unebenheit. Er ging noch näher heran. Die Umrisse zeichneten das Bild einer kleinen Lilie. Das Schwarz, in dem sie gemalt war, glich dem Schwarz des Anzuges. Der Künstler hatte lediglich ihre Kontur eine Nuance heller gemalt. Eine dünne schwarze Ritze umgab die Lilie. Frank drückte vorsichtig mit seinem Zeigefinger auf sie. Es klickte und rechts neben dem Bild öffnete sich ein Fach in der holzvertäfelten Wand.

Er hörte ein Geräusch hinter sich und fuhr herum. Es war niemand zu sehen. Schnell griff er in das Fach hinein. Er zog ein Bündel Papiere heraus und verstaute sie in seinem Mantel. Er wollte nicht riskieren, von Renz gesehen zu werden. Behutsam schloss er das Fach und die Lilie kehrte an ihre alte Position zurück. Er musterte den Raum. Sein Gefühl sagte ihm, dass er hier nichts weiter finden würde. Er schloss die Tür und ging zurück zu Renz´ Büro. Dieser saß an seinem Schreibtisch und sah Unterlagen durch. Er hob den Kopf und nickte Frank zu.

„Hier ist der Schlüssel." Er spürte beim Sprechen, wie das Adrenalin durch seinen Körper jagte. Hatte Renz ihn beobachtet?

Renz lehnte sich in seinem Stuhl zurück.

„Herr Rundstedt war mein Ziehvater, ich habe ihm viel zu verdanken. Wenn Sie noch Unterlagen oder Informationen brauchen, melden Sie sich. Ich stehe Ihnen zur Verfügung." Renz schaute ihm einige Sekunden in die Augen.

„Danke", antwortete Frank und verließ das Büro.

30 Minuten später, LKA-Mordkommission, Keithstraße,
Berlin-Tiergarten

Als Frank in die Straße zum LKA-Hauptgebäude einbog, versperrte ihm eine Menschenmenge den Weg. Auf dem Bürgersteig parkten Pressefahrzeuge. „Scheiße, Sie wissen, was los ist", schoss es ihm durch den Kopf. Einige Reporter wurden auf seinen Wagen aufmerksam und erkannten den Fahrer. Wie die Besessenen liefen sie auf ihn zu. Frank legte den Rückwärtsgang ein und wollte gerade auf das Gaspedal treten, als ein Rundfunkfahrzeug in die Straße einbog und ihm den Weg versperrte. Er hatte keine Wahl, er musste sich der Meute stellen. Er fuhr den Wagen auf den Bürgersteig, schaltete den Motor ab und stieg aus. Die schnellsten Wölfe der Meute erreichten seinen Wagen.

„Kommissar Frank, was sagen Sie zu der jüngsten Mordserie in Berlin? Wie weit sind Sie mit Ihren Ermittlungen?"

„Ich gebe keine Auskünfte über laufende Ermittlungen", entgegnete er ruhig. Dann schob er den Reporter zur Seite und bahnte sich den Weg bis zum Eingang. Er nickte den beiden Beamten, die diesen bewachten, zu und betrat das Gebäude. Irgendjemand hatte gequatscht. Frank hatte nur die Hälfte der Personen, die Emmerling ihm auf einer Liste zur Auswahl gestellt hatte, ins Team aufgenommen. Vielleicht hatte einer der Übergangenen für einen Obolus Informationen an die Presse weitergegeben. Wenn der Rohrspatz das Geld in bar kassiert hatte, würde sie ihn nie drankriegen. Frank öffnete die Tür zu seinem Büro und warf die Jacke über seinen Stuhl. Auf seinem Schreibtisch lag ein DIN A4 Zettel.

Hallo Robert, die Presse hat Wind bekommen. Ich habe dich nicht übers Handy erreicht. Um 15 Uhr ist eine Pressekonferenz angesetzt. Bin im Vorbereitungsraum, bis gleich, Katharina.

Frank schaute auf die Uhr. Es war 13:30 Uhr. Wenigstens hatten sie noch etwas Zeit sich vorzubereiten. Er machte sich auf den Weg zur Pressestelle.

LKA-Pressestelle, Tempelhofer Damm, Berlin-Tempelhof

Frank schaute in die Runde. Einige Gesichter kannte er. Die meisten Journalisten sah er jedoch zum ersten Mal. Er konnte sich nicht erinnern, dass einer seiner früheren Fälle so viel Presserummel ausgelöst hatte.

„Sehr geehrte Damen und Herren, die Pressekonferenz in der Mordsache Franz Rundstedt und Herbert Weber ist eröffnet", erklärte Jacobs, der Pressesprecher des LKA Berlin.

„Jeder von Ihnen hatte die Möglichkeit, sich vorab mit seinem Namen und dem Namen der Redaktion als Fragesteller einzutragen. Leider können wir nicht jeden von Ihnen berücksichtigen, da dies den zeitlichen Rahmen überschreiten würde. Kurz vor dem Ende haben Sie, auch wenn Sie nicht auf der Liste stehen, die Möglichkeit, Fragen per Handmeldung zu stellen. Wir danken für Ihr Verständnis." Jacobs wusste, was er tat, und Frank war froh, ihn an seiner Seite zu wissen.

„Hauptkommissar Robert Frank und Kommissarin Katharina Wilders sind mit dem Fall betraut. Bevor Sie Ihre Fragen stellen, geben Ihnen beide einen Überblick über den aktuellen Ermittlungsstand. Herr Frank, Sie haben das Wort", Jacobs nickte Frank zu.

„Guten Tag, meine Damen und Herren, meine Kollegin und ich werden bei den Ermittlungen von einem Stab weiterer Kriminalbeamter unterstützt. Jetzt aber zum Ermittlungsstand." Franks Stimme wackelte. Die Aufregung schnürte ihm für einen Moment die Kehle zu. Öffentliche Auftritte waren einfach nicht sein Ding. Er räusperte sich. „Herbert Weber, wurde am 29.12.2008 in einer Gasse nahe des Potsdamer Platzes ermordet. Am 31.12.2008 wurde Franz Rundstedt im Tiergarten nahe einem Biergarten ermordet aufgefunden. Die Obduktion hat ergeben, dass beide Opfer mit derselben Waffe ermordet wurden. Aufgrund des Tatherganges und der Mordwaffe gehen wir davon aus, dass die Morde vom gleichen Täter begangen wurden. Wir stufen diesen als sehr gefährlich ein. Allerdings besteht keine generelle Gefahr für die Berliner Bürgerinnen und Bürger. Der Täter scheint seine Opfer nicht wahllos auszusuchen, sondern geht nach einem Plan vor. Bitte geben Sie diese Information so an Ihre Leserschaft weiter. Wir möchten keine unnötige Unruhe in der Bevölkerung auslösen. Aktuell darf ich aus Gründen des Schutzes der Privatsphäre keine Informationen über verdächtige Personen an Sie weitergeben." Frank stellte sein Mikrofon stumm und lehnte sich zurück.

„Wir fangen jetzt mit den Fragen an", erklärte Jacobs. „Der erste auf meiner Liste ist Hermann Roth von den Berliner Nachrichten. Bitte, Herr Roth, stellen Sie Ihre Frage."

Ein Mikrofon wurde dem älteren Journalisten mit Brille gereicht.

„Was wissen Sie über den Tathergang bei dem Mord an Franz Rundstedt?"

„Franz Rundstedt wurde mit aufgeschnittener Kehle gefunden", erklärte Frank. Ein Raunen ging durch den Saal.

„Rene Weidling von der Presseschau", fuhr Jacobs fort.

„Wie wurde Herbert Weber ermordet?"

Frank erklärte den Anwesenden, was mit Weber geschehen war. Dann brach das Feuerwerk der Spekulationen aus. Ein Journalist fragte, ob die Anschläge auf die High Society Berlins darauf hinwiesen, dass der Mörder aus einem ärmeren Umfeld stamme und sich an den Erfolgreichen für seine eigene Unzulänglichkeit rächen wolle. Außerdem wurde mehrmals die Frage nach einem genauen Täterprofil gestellt. Frank antwortete, dass der Täter mindestens einen Meter achtzig groß sei, wahrscheinlich zwischen achtzehn und vierzig Jahren alt und sportlich sein musste.

Eine halbe Stunde später war die Liste der angemeldeten Fragesteller fast vollständig abgearbeitet. Jacobs ging nun zum zweiten Teil der Pressekonferenz über.

„Herr Frank und Frau Wilders werden jetzt für fünfzehn Minuten Handmeldungen berücksichtigen. Wir bitten Sie um Verständnis dafür, dass wir nach fünfzehn Minuten abbrechen müssen, damit beide sich wieder den Ermittlungen widmen können." Jacobs bemühte sich darum, diejenigen zu berücksichtigen, die beim ersten Teil nicht zum Zuge gekommen waren. Schließlich erteilte er einem Mann in der letzten Reihe das Wort.

„Warum glauben Sie, dass der Mörder nach einem bestimmten Plan vorgeht?" Die Stimme des Fragestellers klang angestrengt und er sprach langsam, als ob er auf die Betonung der Worte Acht geben musste.

„Der Täter vermittelt über die Art des Mordes und die spätere Positionierung der Opfer den Anschein, dass er den Mord genau geplant hat", antwortete Frank. Der Mann nickte.

Der nächste Journalist wollte wissen, wie schnell das LKA den Mörder hinter Gittern bringen könnte. Diesmal ging Wilders auf die Frage ein. Währenddessen stand der Mann, der die Frage vor ihm gestellt hatte, auf, und verließ den Raum, ohne dass einer der Anwesenden Notiz davon nahm. Als Vengeur die Straße vor dem LKA betrat, wusste er, dass er die Kommissare, auf keinen Fall unterschätzen durfte. Beide machten einen intelligenten Eindruck. Früher oder später würden sie herausbekommen, dass er hinter den Morden steckte. Er musste sich beeilen.

Frank saß an seinem Schreibtisch. Er rieb sich mit den Händen das Gesicht. Die Pressekonferenz hatte ihn ausgelaugt, als ob die Reporter mit ihren Fragen alle Energie aus seinem Körper gesogen hätten. Auch wenn diese keine Stunde gedauert hatte, war sie ihm wie ein Marathon vorgekommen. Er knipste die Lampe auf seinem Schreibtisch an. Es war gerade 16:30 Uhr, aber draußen dämmerte es bereits. Sein Blick wanderte zu dem Bündel Papiere, das er in Rundstedts Büro gefunden hatte. Vor der Pressekonferenz hatte er keine Zeit mehr gefunden, sich die Dokumente näher anzuschauen. Er legte den Stapel vor sich, nahm das erste Blatt in die Hand und überflog es. Die ersten Seiten beinhaltete eine Aufstellung über Uhren und andere Vermögenswerte. Es folgten einige private Notizen über eine Reise von Rundstedt zu seiner Stiftung in Afrika. Nichts Besonderes. Ungefähr auf der Mitte des Bündels hielt er inne. Zwischen den Papieren ragte ein gelbliches Notizblatt hervor.

Ich habe Friedrich einen Job in meiner Stiftung in Afrika besorgt. Ich hoffe, dass er den Verlust seiner Mutter und seiner Schwester in der neuen Umgebung bewältigen kann, und ich bete, dass er einen Weg findet, damit zu leben.
Ich hätte Ludwig aufhalten müssen. Das werde ich mir nie verzeihen. Wenigstens konnte ich Friedrich retten.

Die Notiz war auf den 24.05.1996 datiert. Frank lehnte sich in seinem Stuhl zurück und betrachtete die kleinen Staubkristalle in der Luft, die im Schein der Lampe glänzten. Die Namen Friedrich und Ludwig waren ihm schon begegnet. Er trommelte mit seinen Fingern auf der Schreibtischkante. Wo zum Teufel hatte er sie gelesen? Er schaltete den PC ein, öffnete die Akte des Falls und gab die Namen in die Suchleiste ein. Natürlich, Friedrich von Maltow war der Sohn des Grafen Ludwig von Maltow. Er brauchte mehr Informationen über die von Maltows. Nach einigen Klicks im Pressearchiv der Polizei wurde er fündig. Eine Zeitung berichtete über Friedrichs Tod. Dieser hatte im Jahr 1996 nach seinem Schulabschluss ein Praktikum bei der Stiftung von Rundstedt in Afrika begonnen. 1997 war er von einer Tour in der Wüste nicht zurückgekehrt und spurlos verschwunden. Ein Jahr später hatte man ihn für tot erklärt. Der Artikel war mit zwei weiteren Artikeln verlinkt, die von Friedrichs Mutter und Schwester handelten. Maria von Maltow und ihre Mutter hatten beide innerhalb von sechs Monaten Suizid begangen. Die Totenscheine waren von einem Doktor Eichert ausgestellt. Mehr Informationen gab der Artikel nicht her.

Die Notiz von Rundstedt legte nahe, dass der Graf am Tod seiner Tochter und Frau beteiligt gewesen war. Rundstedt wusste anscheinend davon und hatte dafür gesorgt, dass Friedrich weit von seinem Vater weggebracht wurde. Das gab dem Grafen auch für den Mord an Rundstedt ein Motiv. Die Frage war nur, warum Weber und Rundstedt jetzt sterben mussten und er sie nicht schon früher umgebracht hatte. Mit seinem jetzigen Wissensstand konnte er sie nicht beantworten. Er musste unbedingt mit diesem Doktor Eichert sprechen. Die ganze Sache roch nach Dokumentenfälschung und Beihilfe zum Mord. Vielleicht brachte ihn das weiter. Er machte mit dem Handy ein Foto von der Notiz und rief Wilders an.

Motel an der AVUS, Berlin-Charlottenburg

Die Pressekonferenz hatte Vengeur aufgewühlt. Er spürte Angst davor, dass die Kommissare seinen Plan durchkreuzen könnten und die Bestie ungestraft davonkam. Wer wusste schon, wie weit sie mit ihren Ermittlungen tatsächlich waren. Der Presse hatten sie sicher nur das Nötigste erzählt. Im Motel rüstete er sich aus und fuhr mit einem Taxi zum Check-Point-Charlie. Er musste das Büro von Rundstedt durchsuchen. Wenn der Alte Unterlagen aufbewahrte, dann dort. Dies war der einzige Ort, der die Ermittler auf seine Spur bringen konnte. Warum hatte er nicht schon vorher daran gedacht?

In der Eingangshalle des Gebäudes stand ein großer Schreibtisch aus schwarzem, glatt geschliffenem Stein, hinter dem der Pförtner saß. Den Weg zum Aufzug flankierten lange dunkelbraune Terracottakästen, aus denen hüfthohe Pflanzen wuchsen. Sie hatten etwas Farnartiges. Der Pförtner las Zeitung und schaute ab und an auf den Bildschirm vor sich. Vengeur ging zu den Schildern an der gegenüberliegenden Wand. Natürlich kannte er sein Ziel längst. Er musste in das Penthouse auf dem Dach. Die Frage war nur, wie er dort unbemerkt hinkam. Er musste irgendwie an dem Pförtner vorbei in den Aufzug gelangen.

Ein Herr in einem dunklen Anzug betrat das Gebäude. Er stellte sich neben ihn und betrachtete die Firmenschilder. Dann ging er zum Pförtner hinüber, der ihn freundlich begrüßte.

„Guten Tag, wie kann ich Ihnen helfen?"

„Guten Tag, mein Name ist Moritz Schöffel. Ich habe einen Termin mit Herrn Kempf von Kempf Asset Management.

Der Pförtner suchte im Computer. „Ich habe Sie gefunden. Bevor Sie nach oben fahren, muss ich einen Blick auf Ihren Personalausweis werfen. Sicherheitsvorschrift."

Schöffel kramte in seiner Manteltasche, zog sein Portmonee heraus und zeigte dem Pförtner seinen Personalausweis.

„Gut, danke. Ich steuere den Aufzug von hier unten. Im Fahrstuhl selbst befindet sich nur ein Notknopf. Wenn Sie wieder runterfahren wollen, müssen Sie der Sekretärin Bescheid geben. Sie wird den Aufzug für Sie holen. Ich öffne jetzt die Fahrstuhltüren."

„Lagern Sie Gold im Keller, oder was?", scherzte Schöffel.

„Mehr davon als Sie denken", der Pförtner zwinkerte ihm zu, „nein, im Ernst, in diesem Gebäude wird mit Kundendaten gearbeitet und wir wollen auf keinen Fall, dass jemand Unbefugtes Zutritt erhält. Sie müssen in den siebzehnten Stock. Wundern Sie sich nicht, dass niemand zusteigt und der Aufzug keine Zwischenstation macht. Wie gesagt, ich steuere alles von hier." Schöffel nickte und verschwand im Aufzug. Er hatte das Ticket, das Vengeur nicht lösen konnte. Er musste einen anderen Weg finden.

„Kann ich Ihnen weiterhelfen?"

Vengeur zuckte zusammen. Der Pförtner stand direkt neben ihm. Er drehte sich langsam nach links und schaute ihm in die Augen.

„Nein, äh, ich habe mich in der Hausnummer geirrt", brachte er in halbwegs vernünftigem Deutsch hervor. Er drehte sich um und verließ das Gebäude ohne ein weiteres Wort.

Als er die Rückseite des Gebäudes prüfte, keimte Hoffnung in ihm auf. Es gab eine Feuerleiter. Sie sah stabil aus, und auf den ersten Blick konnte er keine Videokameras erkennen. Das war typisch. In dem Gebäude spielte man dem Kunden die große Sicherheitsarie vor und da, wo es keiner sah, sparte man kräftig. Er stieg auf die erste Stufe. Ein dumpfer metallener Laut folgte. Er zog das

Hemd unter seinem Mantel aus, zerriss es in zwei Teile und band diese um seine Schuhsohlen. Er zwang sich, behutsam einen Schritt nach dem anderen zu setzen. Die siebzehn Stockwerke zu erklimmen dauerte eine Ewigkeit. Als er das Dach erreicht hatte, verschnaufte er einen Moment. Dann betrat er den Vorgarten des Penthouses. Die gläserne Tür zu knacken war ein Kinderspiel. Er kannte den Weg ins Büro und er kannte das Versteck des Alten in der Wand. Rundstedt hatte es ihm vor seiner Reise nach Afrika anvertraut. Vengeur drückte auf die Lilie, die sich nur schwach vom Dunkel des Anzuges absetzte. Mit einem Klicken öffnete sich das Fach.

„Merde!", Vengeur schlug mit der Faust gegen die Wand.

03.01.2009 Schloss Brunnstedt, Brandenburg, Sitz der Familie von Maltow

Frank und Wilders stiegen aus dem Wagen. Frank drückte den Klingelknopf am Eingangstor. Es bestand aus massiven Eisenstäben. Ein großes Wappenschild hing an dem Tor. Es zeigte einen Adler, der mit seinen Klauen ein Schwert trug und von Rosen eingerahmt wurde. Das Kameraauge am rechten Pfeiler des Tores gab einen Zoomlaut von sich. Aus dem Lautsprecher ertönte eine Männerstimme: „Robert Frank nehme ich an. Ich öffne das Tor. Fahren Sie bis zum Besucherparkplatz. Dann nehmen Sie den Weg zum Schloss." Der Lautsprecher klickte. Frank setzte sich in den Wagen. Sie fuhren durch das Tor. Auf dem Weg zum Haupteingang erstreckte sich ein weitläufiger Park zu beiden Seiten der Straße.

„Ganz schön viele Sicherheitskräfte", stellte Wilders fest.

„Die Hälfte würde reichen, um das Anwesen zu bewachen", entgegnete Frank.

Er parkte den Wagen auf dem Besucherparkplatz. Sie liefen den langen Aufgang zum Schloss hinauf. Zwei massive Eichentüren, in deren Mitte das von Maltow´sche Wappen eingearbeitet war, bildeten den Eingang. Wilders drückte den Klingelknopf. Die Tür wurde von einem Butler geöffnet.

„Guten Tag, der Graf wird Sie in fünfzehn Minuten in seinem Arbeitszimmer empfangen. Bitte folgen Sie mir."

Das Arbeitszimmer des Grafen lag im zweiten Stock. Überall hingen alte Ölgemälde, die die Vorfahren der von Maltows zeigten. Breite Hängeteppiche bedeckten die Wände, an denen keine Gemälde hingen. In regelmäßigem Abstand säumten Ritterrüstungen ihren Weg. Der Fußboden war mit hellen Steinplatten ausgelegt. Frank fühlte sich um dreihundert Jahre in der Zeit zurückversetzt. Nach einer gefühlten Ewigkeit betraten sie das Arbeitszimmer des Grafen. Der Butler deutete auf zwei Ohrensessel, die vor einem gewaltigen Mahagonischreibtisch standen.

„Der Graf empfängt Sie in Kürze", mit diesen Worten zog er sich dezent zurück.

Sie setzten sich. Der Raum roch nach der schweren dunkelbraunen Holzvertäfelung, die alle Wände bekleidete. Trotz des Panoramafensters, das den Blick über das Anwesen frei gab, spürte Frank Enge.

Es knackte. Die Tür hinter dem Schreibtisch wurde geöffnet und der Graf betrat den Raum. Er war kleiner, als Frank ihn sich vorgestellt hatte. Üppiges weißes Haar bedeckte seinen Kopf. Es war ordentlich nach hinten gekämmt. Seine Augen zeigten ein stechendes Grau. Frank fühlte Kälte, als sich ihre Blicke trafen. Die Lippen des Grafen waren schmal. Er konnte nicht genau sagen, ob dieser sie zusammenpresste oder nicht. Er trug einen dunkelgrauen Anzug mit Einstecktuch, darunter ein rosafarbenes Hemd. Die Krawatte hatte er sich gespart. An seinem linken Ringfinger prangte ein goldener Siegelring mit dem Familienwappen. Der Graf setzte sich in den Sessel hinter dem Schreibtisch.

„Guten Tag, Herr Frank und Frau Wilders, verzeihen Sie die Verzögerung. Das Telefonat ließ sich nicht aufschieben."

„Das macht nichts. Wir haben Zeit mitgebracht", erwiderte Frank.

„Nun, die Kriminalpolizei ist kein gewöhnlicher Gast in meinem Haus. Was kann ich für Sie tun?", der Graf lächelte.

„Zwei Personen, mit denen Sie in Verbindung standen, sind ermordet worden. Ich spreche von Herbert Weber und Franz Rundstedt", begann Frank.

Der Graf zog die Augenbrauen hoch. „Das ist tragisch."

Er griff mit einer Hand nach der Kante der Schreibtischplatte.

„Franz war lange Zeit ein guter Freund von mir."

Er hielt einen Moment inne, bevor er weitersprach, als ob er sich an diese Zeit zurückerinnerte. Dann schaute er Frank an.

„Herbert Weber habe ich als Butler beschäftigt, nicht besonders talentiert, wenn Sie mich fragen." Als er auf Weber zu sprechen kam, zeigte sich für einen winzigen Moment eine Zornesfalte auf seiner Stirn.

„Wie dem auch sei. Ich habe mit beiden seit langem nichts mehr zu tun."

„Ich möchte gerne wissen, inwiefern Sie mit beiden in Verbindung standen und warum diese Verbindungen abbrachen", erklärte Frank.

Der Graf lehnte sich in seinen Stuhl zurück. „Franz Rundstedt war seit Universitätszeiten ein Freund von mir. Wir haben beide Wirtschaftswissenschaften studiert und verstanden uns auf Anhieb gut. Nach dem Studium übernahm ich die Geschäfte der Investmentgesellschaft meiner Familie. Franz gründete sein eigenes Unternehmen mit einem Kredit, den ich ihm gewährte. Mit dem Aufblühen seines Unternehmens endete leider unsere Freundschaft. Er war ein Workaholic, wie er im Buche steht. Zeit für Freundschaften oder Familie blieben nicht. Sehr schade, wenn Sie mich fragen. In den letzten Jahren haben wir uns gelegentlich auf einigen Wohltätigkeitsveranstaltungen gesehen, wirklich miteinander gesprochen haben wir nicht."

„Endete Ihre Freundschaft im Streit?", fragte Wilders.

„Nein, es war mehr so, dass sich Franz distanzierte, nachdem er den Kredit vollständig zurückgezahlt hatte. Ich versuchte, den

Kontakt zu halten, aber seine Sekretärin gab immer neue Gründe an, warum er nicht erreichbar war. Irgendwann habe ich es dann aufgegeben."

„Bitte berichten Sie uns von Ihrer Zeit mit Weber", fuhr Wilders fort.

Der Graf räusperte sich. „Herbert Weber kam vor fast dreißig Jahren zu mir. Er bewarb sich auf eine Ausbildungsstelle als Butler. Da sein Lebenslauf makellos war, stellte ich ihn an. Mit der Zeit stellte sich jedoch heraus, dass dieser Mann unzuverlässig, phlegmatisch und eigensinnig war. Er kam mit den Autoritäten, wie es sie nun einmal in einer Familie von Stand gibt, nicht zurecht. Auf mein Anraten entschloss er sich, seine Tätigkeit in meinem Haus niederzulegen."

„Wie würden Sie das Verhältnis von Weber zu Ihrer Familie beschreiben?", Frank fixierte den Grafen. Dieser stockte einen Moment. Frank registrierte das Zucken an seiner rechten Wange.

„Weber hat sich meiner Familie gegenüber normal verhalten, warum interessiert Sie das?"

„Wir haben die Information, dass Herr Weber ein Verhältnis mit Ihrer Frau hatte", antwortete Frank.

Die Augen des Grafen weiteten sich. „Wer sagt das?"

„Darüber darf ich Ihnen keine Auskunft geben."

Der Graf fing an, mit dem Finger auf der Tischplatte zu klopfen. „Das ist eine Lüge!"

„Was ist mit Ihrer Frau und Ihrer Tochter passiert?", schaltete sich Wilders ein.

„Diese Informationen haben Sie sicher im Vorfeld recherchiert."

„Kann sein, aber ich möchte es von Ihnen hören."

„Dazu haben Sie kein Recht."

„Wir haben Informationen, die nahelegen, dass Sie mit dem Tod Ihrer Frau und Tochter näher in Verbindung stehen als bisher angenommen", entgegnete Frank.

„Das ist eine weitere Verleumdung, die ich nicht dulde!"

„Musste Franz Rundstedt sterben, weil er davon wusste?", bohrte er tiefer.

Der Graf ballte die Faust und schlug auf den Tisch.

„Sie sind komplett übergeschnappt! Wenn Sie weitere Informationen haben wollen, sprechen Sie mit meinem Anwalt. Das Gespräch ist beendet."

Frank fokussierte den Grafen.

„Wen haben Sie mit den Morden beauftragt und warum mussten Weber und Rundstedt jetzt sterben?"

„Ich beantworte keine Ihrer dreisten Unterstellungen! Raus!" Der Graf zeigte mit der Hand auf die Tür.

„Nicht ohne die Adresse Ihres Rechtsanwaltes. Ich möchte gerne wissen, ob Sie Alibis für die Tatzeiten haben."

Der Graf funkelte Frank an. Nach einigen Sekunden öffnete er widerwillig die oberste Schublade des Schreibtisches, holte eine Visitenkarte heraus und schob sie Frank zu.

Der nahm die Karte und steckte Sie ein.

„Auf Wiedersehen."

Der Graf entgegnete nichts.

Sie standen auf und verließen das Zimmer.

„Darf ich Sie bis zum Ausgang begleiten?", fragte der Butler, der vor der Tür gewartet hatte.

„Nein danke, wir finden den Weg alleine", antwortete Wilders.

LKA-Mordkommission, Büro von Emmerling, Keithstraße,
Berlin-Tiergarten

Draußen war es bereits dunkel, obwohl die Uhr auf Emmerlings
Schreibtisch gerade erst siebzehn Uhr anzeigte. Frank lag der Geruch alter staubiger Akten in der Nase. Er schaute sich um, aber es
waren keine Akten zu sehen. Das LKA hatte schon lange auf die
Dokumentation der Fälle in digitaler Form umgestellt. Emmerling
hatte es bisher nicht geschafft, den Geruch der Akten aus seinem
Büro zu verbannen. Vielleicht wollte er das auch gar nicht. Er gehörte zur alten Schule.

Das Licht der Schreibtischlampe fiel auf seine Stirn, aber ließ
den unteren Teil seines Gesichtes im Dunklen. Er starrte auf die
Notiz, die Frank im Büro von Rundstedt gefunden hatte, als ob er
den Stein der Weisen in den Händen hielt.

„Sie glauben also, dass der Graf die Morde beauftragt hat",
sagte er schließlich.

„Richtig. Er will die Umstände des Todes seiner Tochter und
seiner Frau vertuschen. Rundstedts Aufzeichnung legt nahe, dass
er sie selbst umgebracht hat."

„Aber warum lässt er Weber und Rundstedt gerade jetzt um-
bringen?"

„Das können wir derzeit noch nicht erklären."

Emmerling nickte.

„Und warum lässt er in Schaubildern morden?"

„Um von sich abzulenken", antwortete Frank.

„Das macht Sinn. Wir müssen den Auftragskiller finden, damit
wir den Grafen auch für die Morde an Rundstedt und Weber
drankriegen." Emmerling schlug mit der flachen Hand auf die

lederne Schreibtischunterlage. Ihm war bewusst, dass Frank und Wilders eine Mammutaufgabe zu bewältigen hatten.

„Ich fahre morgen mit Wilders zu Doktor Eichert, dem Arzt, der den Totenschein für die beiden Frauen ausgestellt hat. Vielleicht kommen wir mit ihm weiter.“

Wieder nickte Emmerling.

„Sie vermuten, dass der Doktor mit dem Grafen unter einer Decke steckt.“

„Morgen wissen wir mehr“, antwortete Frank.

„Wie sieht es mit dem Auftragskiller aus? Gibt es irgendeine Spur?“

„Bisher hat er keinen Fehler gemacht. Der Graf kann es sich leisten, mit Profis zu arbeiten. Er hat gute Verbindungen in die Sicherheitsbranche. Sein Grundstück wird von einer Armee von Sicherheitskräften bewacht.“

„Jemand, der nicht davor zurückschreckt, Killer zu engagieren, schützt sich selbst entsprechend. Wenn Sie weitere Unterstützung brauchen, geben Sie mir Bescheid.“

„Gut.“

Frank stand auf und verließ das Büro. Er musste sich mit Wilders auf den Termin mit Eichert vorbereiten.

LKA-Mordkommission, Büro von Wilders, Keithstraße,
Berlin-Tiergarten

Während Frank Emmerling über den Stand der Ermittlungen auf-
klärte, recherchierte Wilders Informationen über die Familie von
Maltow. Sie musste unbedingt mehr über die Beziehung des Grafen zu seiner Tochter und seiner Frau herausfinden, bevor Sie den
Arzt der von Maltows befragten. Als erstes schaute sie sich die
Führungszeugnisse der Familienmitglieder an. Sie waren einwandfrei. Sie setzte die Suche im Internet fort und landete schließlich auf einer Webseite, die der Familiengeschichte alter, bekannter
Adelsfamilien gewidmet war. Sie hatte Glück. Die von Mal-tows
waren aufgelistet. Sie klickte auf den Namen und wurde zu einer
Seite mit den wichtigsten Eckdaten der Familie geleitet.

Das Geschlecht der von Maltows ließ sich bis ins dreizehnte
Jahrhundert zurückverfolgen. Der Stammbaum hätte mehrere
Schriftrollen gefüllt. Er führte über dreihundertfünfzig Namen,
und das war wohlgemerkt nur die engere Verwandtschaft. Die
Namen der noch lebenden Familienmitglieder waren rot hervor-
gehoben. Der Graf hatte sieben Verwandte, die mit ihm die
jüngste Generation der von Maltows verkörperten. Wilders fand
auch Informationen über die Investmentfirma der Familie, deren
Vorstandvorsitzender der Graf war, und die ein Vermögen von
rund achtzig Millionen Euro verwaltete. Einzelheiten über die
Frau und die Kinder des Grafen suchte sie vergebens. Nach einer
weiteren Stunde Recherche, die keine neuen Ergebnisse brachte,
loggte sie sich in das Landesarchiv Brandenburg ein und wählte
den Bereich Personen- und Ahnenforschung aus. In die Suchleiste
tippte sie die Namen der Familienmitglieder. Nach einigen Se-

kunden Ladezeit erschien die Überschrift eines Zeitungsartikels. Sie glich die Überschrift mit den Überschriften der Artikel ab, die Frank in der Akte hinterlegt hatte, aber dieser Zeitungsbeitrag war nicht aufgeführt. Der Artikel datierte auf das Jahr 1995 – das Todesjahr der beiden Frauen. Sie klickte auf dessen Überschrift und stieß auf ein Familienfoto. Das Bild stammte aus dem Jahr 1994 Es zeigte den Grafen mit seinen Kindern und seiner Frau. Friedrich war ein hübscher Junge gewesen. Auf dem Foto schätzte sie ihn auf sechzehn Jahre. Besonders seine großen braunen Augen und seine markanten Gesichtszüge stachen hervor. Neben ihm stand seine Schwester. Sie war vielleicht zwölf Jahre alt. Ein zierliches, ängstlich wirkendes Mädchen. Direkt hinter ihr stand ihre Mutter. Ihre psychischen Probleme waren offensichtlich. Tiefe Augenränder gruben sich in ihr Gesicht. Ihre Augen wirkten abwesend. Wilders fiel auf, dass die Mutter und die beiden Kinder relativ eng beieinanderstanden. Zwischen ihnen und dem Grafen gab es eine Lücke, als ob der Graf Abstand vom Rest der Familie suchen würde. Der Drucker surrte und Wilders nahm das Foto in die Hand. Sie würden es dem Grafen bei der nächsten Befragung vorlegen.

Ein weiterer Link auf der Seite weckte ihr Interesse: Gräber von Tochter und Mutter. Hinter ihm verbarg sich ein Foto der Grabsteine mit den eingravierten Namen der toten Frauen. Eigentlich hatte sie eine pompöse Familiengruft erwartet. Sie tippte „Familiengruft von Maltow" in die Stichwortleiste der Suchmaschine. Tatsächlich, es gab ein Familiengrab, und was für eines. Das Mausoleum glich mit seinen weißen hohen Marmorsäulen einem alten römischen Tempel. In der Gruft darunter standen säuberlich nebeneinander aufgereiht die Sarkophage der von Maltows. Ihre Farben reichten von weiß über dunkelrot bis schwarz. Alle waren aus edlem Stein gefertigt. Der Kommentar unter den Fotos erläuterte, dass alle Mitglieder des engeren Familienkreises in der Gruft beigesetzt wurden. Der Text verschwieg jedoch, dass dies bei beiden Frauen nicht geschehen war. Aber warum ließ der Graf seine Frau und seine Tochter in einem normalen Friedhofsgrab beisetzen? Das ergab keinen Sinn. Es sei denn, er wollte die beiden nicht in der Familiengruft haben. Vielleicht brachte die Befragung von Doktor Eichert morgen eine Antwort.

Haus von Doktor Eichert, Elvirasteig, Berlin-Schlachtensee

Doktor Eichert schaute auf seine Armbanduhr. Sie zeigte 21:00 Uhr. Heute hatte er nicht viel zu tun gehabt. Nach einigen Besuchen bei Privatpatienten aus der Umgebung hatte er bei seinem Lieblingsitaliener eine Pizza mit Rucola und Mozzarella und ein Glas Rotwein bestellt. Anschließend war er zur Driving-Range gefahren, um seinen Abschlag im Winter nicht einrosten zu lassen. Danach war er in seine Praxis zurückgekehrt. Er musste die Berichte über die Untersuchungen am heutigen Vormittag fertigstellen. Dieses Jahr würde sein letztes als praktizierender Arzt für die betuchte Berliner Oberschicht sein. Mit Anfang sechzig hatte er genug Geld verdient, um seinen Lebensabend in Ruhe mit Golf spielen und Reisen zu verbringen. Eine gute Perspektive. Nicht, dass ihm sein Job keinen Spaß machte, aber langsam reichte es einfach.

Eichert schaute auf den Kalender, der auf dem dunkelbraunen Schreibtischschoner lag. Er ging die Termine des nächsten Tages durch. Morgen Vormittag nach der Sprechstunde würden ihn die Kommissare besuchen. Er hatte von der Mordserie in der Zeitung gelesen, aber nicht damit gerechnet, befragt zu werden. Nach dem Anruf der Kripo hatte er sich sofort mit dem Grafen von Maltow ausgetauscht. Viele Jahre hatte er befürchtet, dass die Polizei den Fall noch einmal aufrollen würde. Irgendwann hatte er die Sache verdrängt. Jetzt hatte sie ihn doch eingeholt. Bei dem Gedanken an den Termin fühlte er Unbehagen. Das beste Mittel, es abzuschütteln war, auf andere Gedanken zu kommen. Er stand auf und ging in die Küche, um sich eine Tasse Tee zu kochen. Er erhitzte das Wasser mit dem Wasserkocher, goss es in eine Tasse und genehmigte sich zwei Stück Zucker. Dann machte er sich wieder auf den Weg ins Büro. Als er an der Treppe, die ins obere Stockwerk führte, vorbeikam, sah er die offen stehende Kellertür. War sie nicht geschlossen gewesen, als er in die Küche gegangen war? Wahrscheinlich hatte seine Arzthelferin vergessen, sie zu schließen. Eichert dachte an die Katzen. „Verflucht", murmelte er leise. Abends liefen sie gewöhnlich im Garten herum, aber vielleicht war eine in den Keller gehuscht. Er musste nachschauen. Er stellte die Tasse neben der Tür auf den Boden, schaltete das Licht an und stieg die alte Holztreppe hinab. Sie gab bei jedem Schritt ein Ächzen von sich. Langsam tastete er sich am Geländer nach unten. Die zwei Lampen, die an der Wand des Kellers befestigt waren, gaben nur klägliches Licht. Eichert hörte einen Knall. Er zuckte zusammen. Die Lampe, die am Ende der Treppe befestigt war, surrte und erlosch. Die Treppenstufen versanken im Dunkeln.

„Auch das noch", ärgerte er sich. Vorsichtig tastete er sich Stufe für Stufe hinunter. Dann spürte er wieder Steinfußboden unter den Füßen. Hier unten war er lange nicht mehr gewesen. Der große Raum schien ihm völlig fremd. Seine linke Hand ertastete den Schrank, der in die Wand neben der Treppe eingebaut war. Dort hatte er für Notfälle eine Taschenlampe deponiert. Er fasste in eine dicke Schicht Staub, die an seinen schweißnassen Fingern wie klebrige Zuckerwatte hängen blieb. Dann fühlte er den langen runden Griff der Taschenlampe und im nächsten Moment erhellte ihr Licht die Wand am anderen Ende des Raumes. Dort hingen lange Spinnweben von der Decke, die den Rohbau des Hauses verdeckten. Das Licht fiel auf irgendwelche alten Möbel, die er vor Jahren hier deponiert hatte und deren Existenz er längst vergessen hatte. Ihm fiel auf, dass es ungewöhnlich frisch roch. Er spürte einen leichten Windzug über sein Gesicht gleiten. Mit der

Taschenlampe leuchtete er an der Wand entlang, bis ihr Licht auf das einzige Kellerfenster fiel. Es war geöffnet. Wahrscheinlich wollte Ursula lüften und hatte es offen stehen lassen. Das sah ihr nicht ähnlich, aber auch sie durfte mal einen Fehler machen. Gott sei Dank war das Fenster zu klein, um Einbrechern als Einstieg zu dienen. Allerdings konnten seine geliebten Kätzchen durch dieses in den Keller schlüpfen. Gut, dass er runtergekommen war, denn wenn sie sich heute Nacht hier hinein verirrten, konnte das ihr Grab sein. Wer wusste, wann hier das nächste Mal eine Menschenseele herkommen würde. Das Fenster lag eindeutig zu hoch, als dass seine Lieblinge es alleine rausschaffen würden.

Er nähert sich dem Fenster und wollte es gerade schließen, als er ein Geräusch hörte. Im nächsten Moment kam etwas durch das Fenster auf ihn zugerauscht. Etwas Feuchtes, Borstiges schlug ihm ins Gesicht. Er verlor das Gleichgewicht und fiel auf den Rücken. Nach dem Aufprall auf dem harten Beton brauchte er einen Augenblick, um wieder zur Besinnung zu kommen. Er rieb sich die schmerzende Stelle am Hinterkopf und spürte, wie warmes Blut über seine Stirn ran. Was um Himmels Willen kam da eben durch das Fenster geflogen? „Gottverdammte Tauben!"

Sein Blick wanderte zum Fenster, das jetzt mal heller mal dunkler wurde, als ob etwas kurz davor gehalten und im nächsten Moment wieder weggenommen wurde. Tastend suchte er die Taschenlampe und brauchte gefühlt Stunden, um sie wiederzufinden. Endlich spürte er den Griff und knipste sie an. Er leuchtete auf das Fenster. Dann fing er an zu schreien.

Vor dem Kellerfenster baumelte Polly, die kleinere der beiden Katzen. Er konnte eine klaffende Wunde in ihrem Fell erkennen. Sie zog sich vom Hals bis zu den Hinterbeinen. Das Blut tropfte langsam an ihrem Fell herab und hatte den weißen Strick, der um ihre Taille gebunden war, rötlich gefärbt.

Seine Gedanken rasten: Jemand hat meine Katze ermordet. Wer wagt es? Er spürte Wut und Verzweiflung im Magen. Dann rappelte er sich auf und stapfte fluchend die Kellertreppe hinauf.

„So eine Sauerei!" Im Erdgeschoss angekommen schlug er die Kellertür mit voller Wucht zu, sodass Holzsplitter aus dem Türrahmen flogen. Er eilte in sein Arbeitszimmer und wollte gerade den Telefonhörer greifen, aber wich schreiend zurück. Lilly, die andere Katze, verdeckte es. Ihr lebloser Kopf lag auf der Schreibtischplatte, ihr Körper war über das Telefon gestülpt. Dem Doktor schossen die Tränen in die Augen. Dann erstarrte er. Jemand war im Haus. Er musste hier weg. Aber die Panik lähmte ihn. Er schaffte es gerade noch, sich auf den Stuhl vor seinem Schreibtisch fallen zu lassen, bevor seine Knie nachgaben. Verzweifelt starrte er Lilly an. Das hier war kein Scherz.

Er entdeckte das Foto auf der Schreibtischplatte neben ihr. Seine Hand zitterte und lies sich kaum bewegen. Wie in Zeitlupe nahm er es in die Hand. Als er die Personen auf dem Foto erkannte, begann er zu wimmern. Nach all den Jahren der Ruhe, in denen er geglaubt hatte, die ganze Sache sei vergessen, kehrte alles mit einem Schlag zurück. Er hörte Schritte hinter sich. Langsam drehte er sich mit dem Stuhl herum. Ein Mann stand in der Tür. Seine Augen waren leer. Er spürte die eisige Kälte, die von ihm ausging.

Eichert wollte etwas sagen, aber der Mann führte den Zeigefinger an die Lippen. Dann ging er langsam auf ihn zu und legte ein Stück Papier auf den Tisch.

„Unterschreib da", befahl ihm eine tiefe Stimme.

Eichert nahm den Kugelschreiber und unterschrieb.

„Gut, Doktor, sehr gut."

Der Mann drehte Eichert in seinem Schreibtischstuhl herum, griff in seinen Mantel und holte eine lange Klinge hervor.

„Endlich", sagt er zufrieden. Dann holte er aus.

04.01.2009, Elvirasteig, Berlin-Schlachtensee

Ursula Kummer ging wie gewöhnlich den Elvirasteig entlang. Sie
war die einzige Arzthelferin von Doktor Eichert. Da die Sprech-
zeiten nur an drei Tagen in der Woche vormittags stattfanden – an
den anderen Tagen machte der Doktor Hausbesuche –, stand ihr
heute trotz der Arbeit ein gemütlicher Tag bevor. Frau Kummer
übernahm den Telefondienst während der Sprechstunde und
führte die Patienten vom Wartezimmer ins Untersuchungszimmer
des Doktors. Manchmal nahm sie ihnen Blut ab oder legte ihnen
einen Verband an. Alles in allem war dieser Job deutlich entspann-
ter, als in einem Krankenhaus Nachtdienst zu schieben.

Trotz der Kälte und dem eisigen Wind, der an diesem Morgen
über den Gehweg fegte, schwitzte sie. Der kurze Gang vom S-
Bahnhof Schlachtensee bis zur Praxis war beschwerlich. Der Un-
tergrund war glatt und Frau Kummer beleibt, was ihr erschwerte,
die Balance zu halten. Sie blieb auf dem Gehweg stehen und
wischte sich mit einem Taschentuch den Schweiß von der Stirn.
Von hier aus konnte sie schon das Haus des Doktors sehen – eine
Villa im Jugendstil, kleiner als die Nachbarhäuser, aber trotzdem
edel.

Ihr Blick schweifte von den Gardinen über das Haus. Der Doktor hatte dieses Grundstück mit Bedacht ausgewählt. Es lag fast
direkt am Schlachtensee. In seiner alten Praxis in Lichtenrade
hatte er Durchschnittsverdiener behandelt. Mit dem Ortswechsel
hatte die Klientel an Klasse gewonnen. Lichtenrade war bei Leibe
keine schlechte Ecke. Hier wohnte der Mittelstand in geräumigen
Einfamilienhäusern. Diese nahmen sich aber verglichen mit den
Villen am Schlachtensee bescheiden aus. Der Doktor war eben ein

kluger Mann, der es verstand mit seinem Können an die richtigen Leute zu gelangen. Frau Kummer legte die letzten Meter zur Praxis zurück. Sie schloss die Tür auf und hängte ihren Mantel im Eingangsbereich auf. Es war gerade 8:00 Uhr, der Doktor würde frühestens in einer Stunde zum Sprechstundenbeginn erscheinen. Sie beschloss, sich einen Tee zu kochen. Nachdem sie den Tee in eine Tasse gegossen und vier Stück Zucker hineingeworfen hatte, trank sie einen Schluck. Nicht übel, aber ein Stück Zucker mehr wäre auch nicht schlecht. Nachdem sie es im Tee versenkt hatte, nahm sie einen Lappen aus dem Küchenschrank und fing an sauberzumachen. Die Putzfrau war krank und so musste sie aushelfen. Sie nahm es sportlich. Das Putzen tat ihrer Gesundheit gut – ansonsten bewegte sie sich nicht viel. Sie arbeitete sich pfeifend durch die Küche über den Flur bis zur Kellertür. Dort hielt sie inne. Die Tür war einen Spalt geöffnet. Das war ihr vorhin gar nicht aufgefallen. Sie schaute auf den Boden und entdeckte eine Tasse Tee neben der Tür. Warum hatte der Doktor sie hier stehen lassen?

Dann sah sie, dass der Holzrahmen der Kellertür beschädigt war. Dort, wo normalerweise das Schloss einrastete, klafften Holzsplitter aus dem Rahmen. Jemand musste diese mit ungeheurer Wucht zugeschlagen haben. Der Doktor war ein besonnener Typ. Das sah ihm nicht ähnlich. Als sie näher an den Spalt trat, sah sie Licht im Keller brennen. Was zum Henker machte der Doktor morgens um zwanzig nach Acht im Keller?

Am liebsten wäre sie runtergegangen, aber sie wollte keine Schnüfflerin sein. Der Doktor konnte im Keller tun und lassen, was er wollte. Es war sein Haus. Aber was, wenn ihm etwas zugestoßen war?

„Doktor Eichert, sind Sie im Keller?", keine Antwort.

„Doktor Eichert, kann ich Ihnen helfen?", wieder keine Antwort.

„Ich komme runter." Schritt für Schritt ging sie die Kellertreppe hinunter. In dem großen Raum war es trotz der Lampe, die brannte, dunkel. Sie konnte den Doktor nicht erkennen. Vielleicht hatte er gestern Abend einfach vergessen, das Licht auszumachen und die Tür zu schließen. Plötzlich spürte sie einen Luftzug. Sie schaute zum Kellerfenster hinüber. Es stand offen. Den Keller einmal ordentlich durchzulüften, war eine hervorragende Idee. Als sie vor einer Woche einen alten Stuhl aus dem Wartezimmer runtergebracht hatte, hatte es hier wie in einer Gruft gerochen. Nun war es aber Zeit, das Fenster zu schließen und sich wieder an die Arbeit zu machen. Sie wollte fertig geputzt haben, bevor die ersten Patienten kamen. Sie würde den Doktor später bitten, das nächste Mal das Kellerfenster wieder zu schließen, nachdem er gelüftet hatte.

Sie ging zum Fenster hinüber und legte ihre Hand auf den Griff. Dann sah sie etwas, konnte es aber auf den ersten Blick nicht richtig erkennen. Sie kniff die Augen zusammen. Irgendein Ding baumelte vor dem Fenster. Zaghaft streckte sie ihre Hand nach vorn und berührte es vorsichtig. In diesem Moment drehte es sich. Sie schaute in das aufgerissene Maul von Polly. Ihr Herz setzte für ein paar Schläge aus, dann schrie sie so hoch und laut, dass eine zweite Person in dem Raum ohnmächtig geworden wäre. Sie verlor das Gleichgewicht und stürzte. Als sie sich aufrichtete, bemerkte sie, dass geronnenes Blut an ihren Händen klebte. Sie ließ den Blick über ihre Beine bis zum Boden wandern. Angetrocknete Blutklumpen hingen an ihrer Hose. Sie spürte Panik. Ihre Gedanken fingen an zu rasen: Katzenmord! Wo ist der Doktor? Ich muss das Blut abwaschen! Ist dem Doktor etwas passiert? Widerlich!

Sie musste den Doktor aufwecken und ihm von ihrer grausigen Entdeckung berichten. Frau Kummer hastete die Kellertreppe hinauf. Als sie schon fast oben angekommen war, stürzte sie und schlug sich das Knie auf. Sie raffte sich auf, lief die Treppen bis in den ersten Stock hinauf und drückte auf den Klingelknopf. Die Klingel konnte sie durch die Wohnungstür des Doktors hören.

„Ok, ganz ruhig, gleich ist der Doktor da", versuchte sie sich zu beruhigen.

Aber der Doktor öffnete die Tür nicht. Jetzt klingelte sie Sturm.

„Doktor Eichert, machen sie die Tür auf. Im Keller gab es einen Katzenmord!", schrie sie wie von Sinnen. Auch nach weiteren zwei Minuten Sturmklingeln öffnete der Doktor nicht. Sie setzte sich auf die Treppe und nahm ein paar tiefe Atemzüge. Vielleicht hatte der Doktor heute einen Morgenspaziergang gemacht und der Nachbarsjunge, dieser unverfrorene Bengel, hatte die Gelegenheit genutzt und war zum Katzenmörder geworden.

Sie entschied sich dafür, die Polizei zu rufen, damit der Bengel lernte, was sich gehörte. Das nächste Telefon war jenes im Sprechzimmer des Doktors. Sie stapfte die Treppe hinunter, rannte in Richtung des Arbeitszimmers und bremste abrupt ab. Ihr Herz setzte einige Schläge aus. Doktor Eichert saß an seinem Schreibtisch. Er hatte die Augen weit aufgerissen und seine Zunge hing leblos aus dem Mund. An seiner Kehle klaffte ein Schnitt. Der Arztkittel war auf Brusthöhe dunkelrot gefärbt. Ihre Beine gaben nach, aber sie kämpfte tapfer gegen die Ohnmacht und krallte die Hände in den Türrahmen. Ganz langsam zog sie sich wieder in eine aufrechte Position. Sie zwang sich, nicht mehr zum Doktor zu schauen. Nach einer Minute, die ihr wie eine Stunde vorkam, fühlte sie sich kräftig genug, um einen Schritt zu machen. Ganz langsam wie in Zeitlupe drehte sie sich um und schleppte sich

Schritt für Schritt zur Haustür. Im Freien gab sie einen lauten Schrei von sich, dann wurde ihr schwarz vor Augen. Nicht einmal den dumpfen Aufprall ihres Körpers auf dem Zement der Eingangstreppe spürte sie noch.

Franks Wohnung, Ludwigkirchplatz, Berlin-Wilmersdorf

Frank schreckte auf. Das Klingeln seines Handys riss ihn ungnä-
dig aus dem Schlaf. Benommen suchte er das Ding in der Dunkelheit. Nach schmerzvollen Sekunden, in denen der Klingelton seine
Nerven strapazierte, ertastet er das Handy auf dem Nachttisch.

„Robert Frank, LKA Berlin."

„Hallo Herr Frank, Sebastian Rothen am Apparat. In Herrn
Rundstedts Büro wurde eingebrochen."

„Was? Ich komme sofort!" Frank legte auf.

Er schaute auf die Uhr. Zwanzig nach Acht. Er hatte verschla-
fen. Er schmiss die Decke zurück und hastete aus dem Bett. Nach
zwei Minuten hatte er seine Hose, seinen Lieblingspullover und
ein paar Socken angezogen. Die Morgentoilette reduzierte er auf
das Nötigste. Draußen schneite es. Glatteis glänzte sacht auf der
Straße. Der eisige Wind wehte ihm ins Gesicht und ließ ihn frös-
teln. Er stieg ins Auto und gab vorsichtig Gas. Die Reifen drehten
durch. Schließlich fanden sie Halt. Im Schneckentempo fuhr er
Richtung Mitte. Er spürte ein nervöses Gefühl in sich emporkrie-
chen. Vielleicht hatte der Graf seinen Mann vorbeigeschickt, um
Beweismaterial zu vernichten. Dreißig Minuten später, die ihm
wie eine endlose Zeit auf den glatten Straßen Berlins vorkamen,
parkte er in einer Seitenstraße der Friedrichstraße und lief zum
Bürogebäude. Die Drehtür rotierte automatisch, als er sich dem
Eingang näherte.

Sebastian Rothen stand zusammen mit dem Pförtner vor dessen Schreibtisch in der Lobby.

„Guten Morgen, Herr Frank", grüßte Rothen ihn.

„Guten Morgen, die Herren." Frank nickte Rothen und dem

Pförtner zu.

Es war derselbe, der Dienst gehabt hatte, als Frank das erste Mal hier gewesen war.

„Wann ist eingebrochen worden?", fragte er.

„Ich schätze innerhalb der letzten zwei Tage. Am 03.01. war ich das letzte Mal im Büro und habe geprüft, ob alles in Ordnung ist. Gestern habe ich den Eingang des Geschäftshauses vom Wagen aus beobachtet. Da gab es aber keine Auffälligkeiten", erklärte Rothen.

Frank wandte sich dem Pförtner zu. „Ist Ihnen in den letzten beiden Tagen etwas Besonderes aufgefallen?"

„Eigentlich gab es keine besonderen Vorkommnisse", er kratzte sich an seinem kahlen Hinterkopf. „Alles lief wie immer."

„Denken Sie noch einmal in Ruhe nach. Kam Ihnen irgendetwas seltsam vor?"

Der Pförtner ging hinter seinen Schreibtisch und schaute auf den Bildschirm seines Laptops.

„Die Termine wurden alle wie vereinbart wahrgenommen."

Dann blieb sein Blick auf einem Termin haften.

„Es gab eine Besonderheit. Ein Herr hat sich in das Haus verirrt."

„Was meinen Sie mit verirrt?"

„Er kam herein, während ich einen anderen Herren eingewiesen habe. Er hat sich die Schilder dort drüben angeschaut. Als ich ihm Hilfe angeboten habe, hat er gesagt, dass er sich in der Hausnummer geirrt habe und ist wieder gegangen."

„Bitte beschreiben Sie den Mann."

„Er war etwas größer als Sie, circa dreißig Jahre alt und sportlich. Er trug einen langen Mantel und sprach mit Akzent."

Frank überlegte einen Moment.

„Ist die Lobby videoüberwacht?“

„Ja, natürlich.“

„Können Sie mir Aufnahmen von dem Mann zeigen?“

„Einen Moment.“ Der Pförtner tippte einige Befehle in die Tastatur.

„Ich habe die Aufnahmen gefunden.“

Frank schaute dem Pförtner über die Schulter.

„Das ist der Mann.“

Die Aufnahme zeigte, wie der Mann das Gebäude betrat, einen Moment zögerte und dann zu den Schildern neben den Aufzügen ging. Er betrachtete sie eine Weile. Dann sprach ihn der Pförtner an. Er erwiderte etwas und verließ das Gebäude.

„Können Sie näher ranzoomen?“

Der Pförtner klickte ein paar Mal auf das Lupensymbol.

„Näher geht nicht, dann wird die Auflösung zu verpixelt.“

Der Mann hatte eine sportliche Figur. Sein kurz geschorenes Haar erinnerte ihn an einen Militärschnitt. Es war der Killer. Franks Herz begann schneller zu schlagen.

„Sie sagten der Mann hatte Akzent. Konnten Sie heraushören welchen?“

„Klang Französisch.“

„Sind Sie sich sicher?“

„Ziemlich sicher. Ein Teil meiner Familie kommt aus Frankreich. Deshalb erkenne ich das sofort.“

Die Aufnahme zeigte leider nicht das Gesicht des Mannes, aber vielleicht konnte der Pförtner bei der Erstellung einer Fahndungsskizze helfen.

„Können Sie sich noch an das Gesicht des Mannes erinnern?“, fragte Frank ihn.

„Ich denke schon.“

„Gut, wir brauchen Ihre Hilfe, um eine Fahndungsskizze zu erstellen. Sind Sie damit einverstanden?"

„Ja natürlich, wenn ich helfen kann."

Frank schaute zu Rothen.

„Bitte geben Sie den Kollegen Bescheid."

„Wird gemacht", Rothen zog sein Handy aus der Tasche, entfernte sich einige Meter und rief im LKA an.

„Ich möchte gerne in das Büro."

Der Pförtner öffnete den schweren Stahlschrank hinter sich, nahm einen goldenen Schlüssel von der Hängevorrichtungen und gab ihn Frank.

„Das Prozedere mit dem Aufzug kennen Sie ja."

Frank nickte.

Keine drei Minuten später betrat er das Büro von Rundstedt. Auf den ersten Blick schien alles wie beim letzten Mal, mit dem Unterschied, dass das Geheimfach an der Wand neben dem Bild von Rundstedt offen stand. Der Einbrecher hatte genau gewusst, wo er suchen musste. Frank ging zur Glastür hinüber, die auf das Dach führte. Es befanden sich kleine Kratzer rund um das Türschloss. Er lehnte sich über die Mauer der Dachterrasse. An der Gebäudewand zog sich eine Feuertreppe in die Tiefe. Über sie war er also auf das Dach gekommen. Er verließ das Büro, schloss es ab und fuhr zurück in die Lobby.

„War die Spurensicherung schon hier?", fragte er Rothen.

„Ja, kurz vor Ihnen, aber sie haben nichts außer den Einbruchsspuren gefunden."

„Schade, aber das wundert mich nicht. Bitte sorgen Sie dafür, dass wir mit zwei Mann rund um die Uhr vor Ort sind. Ich glaube nicht, dass er zurückkommt, aber falls doch, will ich, dass wir in der Überzahl sind."

„Alles klar."

Franks Handy klingelte.

„Hallo Robert, Katharina hier. Doktor Eichert wurde ermordet. Bitte komm sofort vorbei. Ich schicke dir die Adresse aufs Handy."

„Scheiße." Frank hatte gerade das Gefühl, mit dem Fall endlich weiterzukommen und dann das. Der Graf hatte den letzten Zeugen aus dem Weg geräumt. Jetzt konnten sie ihm nichts mehr nachweisen. Es fühlte sich an, als ob der Graf ihm einen Nackenhieb versetzt hätte. Er ließ sich in einen der Stühle in der Lobby fallen und starrte nach draußen. Schneeregen schlug gegen die Glasfassade. Die Menschen, die am Gebäude vorbeiliefen gruben sich tief in ihre Mäntel.

„Du hast keine Chance, Frettchen", hörte er Dennis' Stimme in seinen Gedanken. In jeder Faser seines Körpers spürte er Wut. „Diesmal ist es anders", flüsterte er. Er ballte die Fäuste und fühlte die Kraft in ihnen. Dann stand er langsam aus dem Stuhl auf und verließ die Lobby. Mit jedem Schritt, den er machte, spürte er die Kraft in seinen Körper zurückfließen. Im Wagen las er die Nachricht von Wilders und gab die Adresse in das Navigationssystem ein.

„Diesmal ist es anders", sagte er. Dann fuhr er los.

Haus von Doktor Eichert, Elvirasteig, Berlin-Schlachtensee

Als Frank in den Elvirasteig einbog, sah er schon von weitem die Pressewagen, die den Weg bis zum Tatort blockierten. Zwei Polizeibeamte bemühten sich, die Straße zu räumen. Es war ein sinnloses Unterfangen. Keine zehn Minuten später würden alle wieder am selben Platz stehen. Frank fuhr auf den Bürgersteig und stellte den Motor aus. Er stieg aus dem Wagen und ging zum Haus. Der Versuch, sich vorbei an den Journalisten zum Tatort zu schleichen, wäre vergebens gewesen. Allein vor dem Plastikband, das zur Sicherung des Tatortes gespannt war, hatten sich mehrere Menschenreihen gebildet. Er bahnte sich einen Weg zu den Kollegen, die den Zugang zum Tatort bewachten, zeigte seinen Dienstausweis und wurde durchgelassen. Einige Reporter erkannten ihn und riefen ihm Fragen hinterher. Er ignorierte sie. Am Hauseingang traf er Wilders.

„Schau es dir in Ruhe an." Sie sah blass aus. Er nickte. Als erstes prüfte er die Fassade des Hauses. Nachdem er vor einigen Jahren Einbrechern das Handwerk gelegt hatte, die sich durch waghalsige Kletteraktionen Zugang zu Häusern verschafft hatten, nahm er die Hausfassaden eines Tatortes besonders ins Visier. Damals hatte er die Bande über einen Stofffetzen, der an einer Gebäudeecke im ersten Stock eines Einfamilienhauses hängen geblieben war, überführt. An dem Haus von Doktor Eichert konnte er aber nichts Auffälliges erkennen. Die Fenster zeigten keine Spuren eines Einbruchversuchs. Lediglich das Kellerfenster auf der Rückseite des Hauses war weit geöffnet, aber zu klein, als dass jemand sich dort hätte hindurchzwängen können. Außerdem versperrte eine tote, an einem Seil hängende Katze den Einstieg. Er betrachtete sie. Ihr Maul war weit aufgerissen und der Bauch mit einem Messer aufgeschlitzt worden. Er konnte sich denken, mit welcher Waffe. Um den Körper der Katze war ein Seil geschlungen, das aus einem Fenster des Obergeschosses hing. Der Täter war wahrscheinlich über den Balkon im Obergeschoss ins Haus gelangt, hatte dort die Katze getötet und dann abgeseilt. Er wollte das Opfer erschrecken. Verrückt, die Gefahr entdeckt zu werden, stieg mit jeder Minute, die er in dem Haus verbrachte. Aber dieser Mörder hatte starke Nerven und handelte nach Plan. Eine tödliche Mischung.

Nachdem er seinen Rundgang um das Haus beendet hatte, betrat er das Erdgeschoss. Sein Weg führte ihn in den Eingangsbereich vorbei an der Treppe, die ins Obergeschoss führte, zum Keller. Frank öffnete die Tür und schaute in den Keller. Es war stockduster. Auf dem Boden neben der Tür stand eine Taschenlampe der Spurensicherung. Er knipste sie an und ging die Treppe herunter. Er wollte die Katze aus der Sicht des Opfers auf sich wirken lassen. Als er sich dem Kellerfenster näherte, sah er eine getrocknete Blutlache, die mit einem Band abgesteckt war. Wahrscheinlich war das Opfer hier gestürzt, als es die Katze erblickte. Den Schock konnte er gut nachempfinden. Das Licht der Taschenlampe verlieh dem Katzenkadaver ein bizarres Grauen. Er ging zurück ins Erdgeschoss, durchquerte den Warteraum und gelangte in das Sprechzimmer der Praxis. Der Doktor saß auf seinem Schreibtischstuhl. Frank spürte, wie sein Magen sich zusammenzog. Schweiß trat auf seine Stirn. Nicht der Anblick von Eicherts Leiche war daran schuld. Die Gewalt und Grausamkeit, mit der der Mörder seine Opfer zurichtete, widerten ihn an.

Er überlegte, wie Eichert sich verhalten hatte, als er in das Zimmer kam. Er musste als erstes die tote Katze, die als Telefonbezug herhielt, gesehen haben. Frank betrachtete das Blatt Papier auf dem Schreibtisch. Quer darüber war das Wort „Lüge" mit roter Schrift gestempelt worden. Darunter entzifferte er Eicherts Unterschrift. Frank setzte sich auf den Stuhl vor dem Schreibtisch. Die Szene konnte ein Hinweis darauf sein, dass Eichert einen Bericht gefälscht oder geschönt hatte. Dafür hatte ihn der Mörder vielleicht zur Rechenschaft gezogen. Er ließ die Szene einen Moment auf sich wirken, bis sein Gefühl ihm sagte, dass er sich auf der richtigen Spur befand. Wahrscheinlich war Eichert, nachdem er das Tier im Keller entdeckt hatte, nach oben geeilt, um die Polizei zu rufen. Beim Anblick der zweiten Katze hatte er wohl begriffen, dass er die Nacht nicht überleben würde. Der Mörder hatte leichtes Spiel mit dem alten Mann gehabt.

Er stand auf und ging in die Küche. Sie schien unberührt. Die Tür zu Eicherts Wohnung im Obergeschoss stand offen. Er konnte keine Beschädigung des Schlosses feststellen. Die Wohnung war bis auf zwei große und viele kleine Blutflecken im Wohnzimmer in normalem Zustand. Hier hatte der Mörder also die Katzen umgebracht. Es musste leise geschehen sein, denn das Arbeitszimmer des Doktors befand sich genau unter dem Wohnzimmer und Schritte oder ähnliches hätte Eichert wohl gehört. Frank schaute sich das Schlafzimmer an. Ein Balkon gewährte den Blick auf den Garten. Frank untersuchte das Schloss der Balkontür. Es war alt und zeigte keine Spuren eines Einbruches. Kein Problem für einen Profi. Wahrscheinlich hatte er nicht einmal einen Dietrich benutzt, sondern die Tür mit einer Scheckkarte geöffnet. Ansonsten fand er keine Hinweise. Er ging die Treppe hinunter und verließ das Haus. Draußen wartete Wilders auf ihn.

„Was denkst du?", fragte sie ihn.

„Es muss spät gewesen sein, sonst hätte er beim Eindringen auf das Grundstück leicht gesehen werden können. Außerdem kannte er das Haus. Er wusste, dass Eichert vom Keller aus zum Telefon in sein Arbeitszimmer rennen würde."

„Mit anderen Worten, er ist schon mal hier gewesen. Der Graf war schon oft hier. Vielleicht hat er dem Mörder die nötigen Informationen gegeben."

„Gut möglich", bestätigte Frank.

„Der Stempel muss eine Sonderanfertigung sein. Wir müssen eine Anfrage an alle Firmen stellen, die sowas in Berlin verkaufen. Vielleicht haben wir Glück und jemand kann sich an den Auftraggeber erinnern", schlug Wilders vor.

„Ich schätze, die Stempelflüssigkeit ist Eicherts Blut. Mainke muss das Dokument so schnell wie möglich untersuchen, und wir müssen Emmerling informieren."

„Die Arzthelferin der Praxis hat den Doktor gefunden. Für eine Befragungen hatte sie keine Kraft. Sie musste wegen des Schocks in ein Krankenhaus gebracht werden. Wahrscheinlich können wir morgen mit ihr sprechen."

„Wer hat die Polizei gerufen?"

„Ein Nachbar hat einen Schrei gehört, die Arzthelferin ohnmächtig vor dem Hauseingang aufgefunden und die Polizei gerufen", klärte Wilders ihn auf.

„Ich möchte noch einmal mit dir gemeinsam in das Haus gehen. Ich habe das Gefühl, dass die Spurensicherung noch nicht alles gefunden hat."

Wilders nickte.

Während Wilders das Schlafzimmer prüfte, ging Frank in das Wohnzimmer. Dort stand eine abgewetzte, braune Ledercouch, ein Fernseher aus den Neunzigern und ein Schreibtisch, dessen

Schubladen nicht verschlossen waren. Ihr Inhalt bestand aus einigen Bleistiften, Blanko-Papier und Füllfederhaltern.

Er schaute sich die Couch an. Es handelte sich um ein Liebhaberstück. Kein normaler Mensch hätte das verranzte Ding schön gefunden. Er legte die Polster beiseite und klopfte das Holzgestell ab – nichts. Er betrachtete die Wände des Zimmers. Sein Blick blieb auf den großen Landschaftsgemälden, die alle Szenen auf Golfplätzen abbildeten, hängen. Die Leidenschaft des Doktors war offensichtlich. Er nahm die Gemälde von der Wand. Hinter ihnen offenbarte sich strahlend weiße Rechtecke, die sich krass vom Grauweiß der restlichen Tapete absetzten. Einen Safe konnte er nicht entdecken.

Er schaute auf die Uhr. Es war schon halb zwölf. Die Zeit raste an ihnen vorbei und sie machten keine Fortschritte. Sein linkes Augenlid zuckte. Seine Nerven litten unter dem wenigen Schlaf. Er nahm einige tiefe Atemzüge und versuchte sich zu entspannen. Dann ging er in das Schlafzimmer. Wilders entfernte gerade die Matratzen des Bettes. Darunter entdeckte sie zwei Ausgaben eines Pornomagazins, die sie in eine Ecke des Zimmers warf.

„Gott sei Dank habe ich Handschuhe an! Ich bin hier fertig. Hast du was im Wohnzimmer gefunden?"

Frank schüttelte den Kopf. Sie gingen beide aus dem Schlafzimmer und schauten sich im Flur um. Während Wilders den Spiegel über dem Sideboard abnahm, sah Frank sich den Raum an. An den Wänden hingen zwei Deckenfluter, die sich über einen Schalter an der Wand regulieren ließen. Neben einem Schrank, in dem sich Mäntel und Jacken befanden, stand eine etwa ein Meter fünfzig hohe Glasvase, die mit Golfbällen gefüllt war. Sie hatte die Form eines Würfels.

„Hilf mir mal." Frank hatte zwischen den Golfbällen etwas

Metallenes schimmern sehen.

Wilders kam rüber. „Wobei?"

„Da ist was in dem Gefäß drin." Beide fingen an, die Golfbälle mit den Händen aus dem Gefäß zu schaufeln. Nach und nach sank der Pegel. Etwas edelstahlfarbenes Glänzendes wurde sichtbar. Sie legten eine etwa DIN A4 große Metallkiste, die mit einem Lederriemen zugebunden war, frei. Sie sah alt und schäbig aus. An einigen Stellen hatte der Rost das stumpfe Metall zerfressen. Nichts wies darauf hin, dass sie in letzter Zeit benutzt worden war. Frank löste den Lederriemen und nahm den Deckel ab. Sie enthielt Dokumente. Er legte die Kiste auf den Schreibtisch und formte zwei Stapel.

„Dann wollen wir mal." Er setzte sich an den Schreibtisch und begann zu lesen. Wilders setzte sich neben ihn und nahm sich den anderen Stapel vor. Die Dokumente beinhalteten eine Sammlung pikanter Details prominenter Patienten. Über einen bekannten Geschäftsmann hatte Eichert vermerkt, dass er sich einen Tripper bei dem Besuch einer Prostituierten eingefangen hatte. Eine anderes Papier verriet, dass der Besitzer eines bekannten Plattenlabels ein derartiger Hypochonder war, dass er den Doktor alle zwei Tage in dem Glauben, bald an einer unheilbaren Krankheit sterben zu müssen, aufsuchte. Nach einiger Zeit stieß Frank auf ein Dokument aus der Patientenakte der Familie von Maltow. Adrenalin schoss durch seinen Körper.

„Hör dir das an."

„Der von mir im Auftrag des Grafen Ludwig von Maltow durchgeführte Vaterschaftstest fiel negativ aus. Das heißt, dass die Kinder, die er mit der Gräfin von Maltow großzieht, zu 99,8 Prozent nicht seine Kinder sind."

„Kuckuckskinder", sagte Wilders.

„Jetzt macht das Familienfoto, das du gefunden hast, Sinn."

„Du meinst der Abstand zwischen dem Grafen, seiner Frau und den Kindern?"

Frank nickte. „Der Graf wusste, dass Maria und Friedrich nicht seine Kinder waren und er wusste, dass seine Frau mit Weber ein Verhältnis hatte. Das gibt ihm ein Motiv, seine Frau, seine Tochter und Weber zu töten. Rundstedt musste sterben, weil er Friedrich geholfen hat zu entkommen. Und zu guter Letzt musste Eichert sterben, weil er zu viel wusste."

„Wir haben also ein Motiv für alle Morde, nur keinen Zeugen mehr, der lebt und gegen ihn aussagen kann", stellte Wilders fest.

„Bleibt die Frage, warum er sie ausgerechnet jetzt ermorden lässt?"

„Vielleicht hat Eichert ihn erpresst."

„Kann sein", antwortete Frank, „warum auch immer er es jetzt getan hat, uns bleibt nur eine Chance. Wir müssen den Killer finden und ihn dazu bringen, gegen den Grafen auszusagen."

Wilders saß mit Mainke in einem der Besprechungsräume im ersten Stock des Gebäudes. Ein Beamer projizierte das Familienfoto der von Maltows auf die Wand. Mainke betrachtete es seit einigen Minuten, ohne einen Ton von sich zu geben.

Sie musterte ihn. In seinem weißen Arbeitskittel und mit der dezenten Brille sah er mehr wie ein Forscher als ein Kriminalbeamter aus. Er räusperte sich.

Sie hatte ihm vorher nicht gesagt, welche Schlüsse Frank und sie aus dem Bild gezogen hatten, damit er sich unvoreingenommen sein eigenes Urteil bilden konnte.

„Das Bild lässt sich in zwei Hälften teilen. Der Graf auf der linken Seite des Fotos bildet einen Gegenpol zu seiner Frau und den beiden Kindern auf der rechten Seite. Er scheint keinerlei Bindung zu den anderen Personen zu haben. Es sieht so aus, als könnte die Distanz zwischen ihm und den anderen nicht groß genug sein. Die Mutter bildet mit den Kindern einen sehr engen Verband. Sie scheint ihre Kinder schützen zu wollen. Die Hände auf den Schultern der Kinder deuten darauf hin."

„Wie entwickelt sich die Psyche eines Mannes, der erfährt, dass ihm zwei Kuckuckskinder ins Nest gelegt wurden?"

„Das kann unterschiedlich sein. Das Wichtigste ist der Charakter des Mannes. Der Vater kann die Kinder trotzdem akzeptieren. Schließlich zieht er sie eine Zeit lang in Unwissenheit auf und beginnt, sie zu lieben. Auch die Tatsache, dass sie nicht seine leiblichen Kinder sind, hält ihn dann später nicht davon ab. Die Kinder können ja nichts dafür. Er verlässt vielleicht die Mutter, bleibt aber mit den Kindern in Kontakt. Dafür braucht es jedoch einen hohen

Grad an Reflexion und charakterlicher Reife. Weit häufiger verlässt ein Mann die Frau und die Kinder. Im Fall der von Maltows kann der Graf aber nicht einfach gehen. Dann würde die Schande öffentlich und das Ansehen der Familie leiden. Meine Vermutung ist, dass er den Zorn gegen die Frau auf die Kinder projiziert hat – die Ergebnisse des Betruges. Das kann so weit gehen, dass der Mann die Mutter und die Kinder massiv seelisch und körperlich misshandelt."

„Warum hat sie ihn nicht einfach verlassen?"

„Generell sinkt das Selbstwertgefühl und der Glauben, aber auch die Fähigkeit, aus eigener Kraft Veränderungen zu bewirken nach einer langen Phase von Erniedrigungen. Frauen ertragen mitunter jahrelang Misshandlungen durch ihre Männer. Ihr Charakter und ihre Erziehung spielen eine entschiedene Rolle und, ob sie gelernt haben Unrecht zu erdulden oder dagegen zu handeln."

„Wie oft kommt es dabei zu einem Übermaß an Gewalt?"

Er faltete die Hände. „Du meinst, dass die Kinder oder die Mutter sterben?" Sie nickte.

„Die Häufigkeit solcher Vorfälle lässt sich nicht wirklich schätzen. In der Forschung geht man von einer sehr hohen Dunkelziffer aus. Die meisten Opfer sterben im Säuglings- oder Kleinkindalter, kurz nachdem der Betrug aufgeflogen ist."

Wilders schwieg. Mainke schaute sie an.

„Ich weiß, es ist schwer zu verstehen, was in der Psyche mancher Menschen vorgeht und warum sie bereit sind, so viel Gewalt anzuwenden, um ein Bild nach außen zu wahren." Sie schwieg.

„Ich habe das Dokument untersucht, auf dem Eichert unterschreiben musste. Die Flüssigkeit, mit dem das Wort Lüge auf das Dokument gestempelt wurde, ist sein Blut."

„Wie Frank vermutet hat", antwortete sie.

Zeitgleich las Frank die E-Mail des Rechtsanwaltes des Grafen durch. Er hatte makellose Alibis für alle Tatzeitpunkte, die jeweils von mehreren Zeugen bestätigt wurden. Die unterschriebenen Aussagen der Zeugen hatte der Anwalt gleich als Anhang mitgeschickt. Frank lehnte sich in seinem Stuhl zurück und fuhr sich mit den Händen durch die Haare. Sie benötigten die Aussage des Killers. Zusammen mit den Dokumenten, die sie gefunden hatten, würde es vielleicht ausreichen, den Grafen hinter Gitter zu bringen. Mit weniger brauchten sie es bei der Staatsanwaltschaft gar nicht erst zu versuchen.

Der behandelnde Arzt hatte im LKA angerufen und mitgeteilt, dass er nichts gegen eine Befragung von Frau Kummer einzuwenden hatte. Als Wilders ihr Zimmer betrat, saß Frau Kummer auf dem Bett und nahm das Krankenhausfrühstück zu sich – so wie es aussah, hatte sie es um zwei Schokoladenmuffins aus der Cafeteria erweitert. Sie war also auf dem Weg der Besserung.

„Guten Morgen, Frau Kummer."

Frau Kummer benötigte einige Sekunden, um sich zu sammeln. Sie stellte den Teller mit den Muffins auf den Betttisch und kaute einige Male, bevor sie den Rest mit einem kräftigen Schluck Kaffee herunterspülte.

„Hallo, Frau Wilders."

Wilders setzte sich auf einen der zwei gelb gepolsterten Besucherstühle. „Fühlen Sie sich in der Lage, mir einige Fragen zu dem Fall zu beantworten?"

Frau Kummer nickte.

„Bitte beschreiben Sie, was gestern vorgefallen ist."

Frau Kummer fing mit aufgeregter Stimme an zu erzählen. Es war schnell klar, dass sie Redebedarf hatte. Hilfreiche Informationen berichtete sie nicht, dafür ging sie im Detail auf die verschiedenen Gefühlszustände ein, die sie während ihrer Tour durch das Haus erlebt hatte. Nachdem sie fertig war, holte sie tief Luft und schaute auf den Teller vor sich. Dort lag noch ein halber Schokoladenmuffin, den sie sich mit einem Bissen in den Mund stopfte.

„Haben Sie einen Verdacht, wer dem Doktor das angetan haben könnte?"

Sie kaute angestrengt und schluckte den Muffin hinunter.

„Nein, da fällt mir beim besten Willen niemand ein. Der Doktor verhielt sich seinen Patienten gegenüber freundlich und war äußerst beliebt. Nur mit dem Nachbarsjungen hatte er ab und zu Schwierigkeiten, weil der Klingelstreiche machte. Und einmal hat der Bengel einen Fußball durch eine Fensterscheibe geschossen. Aber der Junge ist erst neun Jahre alt."

„Können Sie sich an Auseinandersetzungen des Doktors mit Patienten oder Freunden erinnern?"

Frau Kummer dachte angestrengt nach. „In jüngster Zeit ist mir das nicht aufgefallen. Sicherlich gab es mal Streitigkeiten mit dem einem oder anderen Patienten, aber der Doktor war geschickt genug, sie friedlich beizulegen. Die Patienten waren sein Kapital."

Wilders dachte an die Metallkiste, die sie in der Wohnung des Arztes gefunden hatten.

„Wie war das Verhältnis zwischen Doktor Eichert und dem Grafen von Maltow?"

Frau Kummer machte große Augen. Wilders fokussierte sie. Im nächsten Augenblick verstand Frau Kummer, dass es unangebracht war, Nachfragen zu stellen.

„Der Graf war ein normaler Patient. Es gab mit ihm keine Vorfälle."

„Sicher?"

Frau Kummer überlegte einen Moment. „Vor über zehn Jahren hatten er und der Doktor einmal Streit, aber das ist wirklich lange her."

„Worum ging es damals?"

„Um eine Untersuchung, die der Graf bei Doktor Eichert hatte machen lassen. Es hatte etwas mit seinen Kindern zu tun. Ich glaube, es ging da um Allergien, weshalb die Kinder Proben abgeben mussten."

Wilders schmunzelte. Der Doktor hatte Frau Kummer damals wohl kaum erzählt, dass es in Wirklichkeit um einen Vaterschaftsnachweis ging. Ihre Schwatzhaftigkeit konnte Eichert in all den Jahren weiß Gott nicht entgangen sein.

„Wann war das ungefähr?"

„In den frühen Neunzigern glaube ich."

„Warum können Sie sich so gut daran erinnern?"

„Als der Graf das Ergebnis erfuhr, war er ganz außer sich. Man konnte fast glauben, der Doktor hätte ihm gesagt, dass er nicht ganz bei Verstand sei. So hat der sich aufgeführt. Dabei ging es doch nur um ein paar lächerliche Allergien. Ein Fenster in der Praxis hat er damals eingeschmissen und den Doktor beschimpft, dass er nicht wisse, was er tue und die Untersuchung gefälligst nochmal machen solle."

„Was hat der Doktor dann getan?"

„Er hat die Untersuchung noch einmal vorgenommen und da kam wohl wieder das gleiche Ergebnis heraus. Aber beim nächsten Treffen nahm es der Graf dann gelassener und erklärte sich bereit, die zerstörte Fensterscheibe zu ersetzen."

„Ist Ihnen danach noch irgendetwas aufgefallen?"

„Nein, danach hatten die beiden keine Auseinandersetzung mehr.

„Kannten Sie die Familie des Grafen?"

„Ich habe seine Frau und die Kinder einige Male bei Terminen gesehen. Ja, ja, der Graf hatte kein Glück mit ihnen. Sie wissen bestimmt, dass sich die Gräfin und ihre Tochter umgebracht haben." Frau Kummer schüttelte den Kopf.

„Frau Kummer, ich werde ein Protokoll Ihrer Aussage anfertigen. Es kann sein, dass Sie diese Aussage vor Gericht wiederholen müssen."

Frau Kummer starrte sie an. „Warum?"

„Das werde ich Ihnen, falls es soweit kommen sollte, rechtzeitig erklären."

Wilders musterte sie. Besser sie würde ihrer Schwatzhaftigkeit entgegensteuern.

„Vielen Dank für die Informationen. Ich brauche Ihnen natürlich nicht sagen, dass Sie über dieses Gespräch keinerlei Äußerungen machen dürfen, oder?"

Frau Kummer nickte, als wäre es eine Beleidigung, sie darauf hinzuweisen. Wilders sah sie in Gedanken eine Sekunde, nachdem sie das Zimmer verlassen hatten, zum Telefonhörer greifen und ihrer besten Freundin das Neueste vom Mordfall ihres Chefs berichten. Besser, sie schärfte noch einmal nach.

„Sie wissen, dass Sie die Ermittlungen durch die Weitergabe von Informationen behindern können, das ist eine Straftat."

Frau Kummers Augen weiteten sich. Sie sah eingeschüchtert aus.

Wilders verabschiedete sich und ging in die Cafeteria des Krankenhauses. Dort hörte sie sich die Aufnahme des Gespräches über ihr Headset an und vermerkte die wichtigsten Details in der Fallakte auf ihrem Laptop.

Anschließend prüfte sie ihre Emails. Die Kontenprüfung der Schmidts hatte keine Unregelmäßigkeit ergeben. Einen zweiten Besuch konnte sie sich sparen. Auch die Überprüfung der Stempelhersteller hatte kein hilfreiches Ergebnis gebracht. Der Stempel war online bestellt und an ein Postfach versendet worden. Das Postfach hatte der Killer unter falschem Namen angelegt.

Ein Zeichner der Kriminalpolizei hatte mit Hilfe der Angaben des Pförtners eine Fahndungsskizze erstellt. Ein Team aus fünf Kriminalbeamten hatte die Lebensläufe und Alibis des Sicherheitspersonals geprüft und die Fahndungsskizze mit den Männern des Grafen abgeglichen. Es gab keinen Treffer. Frank blätterte in dem Abschlussbericht des Teams. Vielleicht hatten die Kollegen etwas übersehen. Laut dem Bericht beschäftigte der Graf eine kleine Privatarmee. Normalerweise waren zehn Sicherheitskräfte für den Schutz seines Anwesens zuständig. Kurz nach dem Mord an Weber hatte der Graf zehn weitere Männer in seine Dienste genommen. Er konnte sich beim besten Willen nicht vorstellen, dass der Graf dauerhaft den Schutz von zwanzig Männern benötigte. Es sei denn, er fühlte sich bedroht. Aber durch wen? Das machte nach den Fakten, die sie bisher gefunden hatten, keinen Sinn.

Frank rief die Fahndungsskizze des Killers an seinem PC auf. Der Täter besaß markante Gesichtszüge. Besonders die hohen Wangenknochen, die dunkelbraunen Augen und die tiefen Falten auf der Stirn stachen hervor. Seine Statur war muskulös, trotzdem sah er ausgezehrt aus. Irgendwie kam Frank das Gesicht bekannt vor. Er hatte es schon einmal gesehen. Er öffnete das Polizeiarchiv und durchforstete die Steckbriefe der gesuchten Auftragsmörder. Keiner hatte Ähnlichkeit mit dem Foto. Vielleicht hatten die Kollegen beim Abgleich mit von Maltows Leuten einen Fehler begangen. Er rief die Daten der Sicherheitskräfte auf. Kein Treffer. Es musste eine andere Verbindung geben. Frank filterte per Mausklick sämtliche Fotos aus der Fallakte und prüfte sie. Keiner der

Zeugen ähnelte dem Täter, auch keiner der Passanten, die zufällig auf den Aufnahmen zu sehen waren. Dann klickte Frank auf das Familienfoto der von Maltows. Er betrachtete den Grafen, seine Frau, die Tochter und den Sohn.

„Oh mein Gott", sagte er leise. Er vergrößerte das Gesicht von Friedrich von Maltow und hielt die Fahndungsskizze daneben. Sicher, der Mann auf der Skizze war älter, aber er hatte dieselben braunen Augen und dieselben markanten Wangenknochen wie der Jugendliche auf dem Foto. Frank rief den Lebenslauf von Friedrich auf.

„Praktikum in einer Stiftung von Franz Rundstedt in Dschibuti. Von einem Wochenendausflug in die Wüste nicht zurückgekehrt, verschollen", murmelte er, „für tot erklärt." Dann las er die Aussage des Pförtners.

„Der Einbrecher trug einen Militärhaarschnitt und sprach französischen Akzent."

Er gab bei Google „Französisches Militär, Dschibuti" ein, klickte auf den ersten Treffer und überflog die Zeilen.

„Die Französische Fremdenlegion unterhält Regimenter in Kourou, Französisch-Guayana sowie in Dschibuti am Horn von Afrika."

Frank schaute von der Fahndungsskizze auf das Foto. Er hatte keinen Zweifel. Der verschollene Sohn war zurückgekehrt.

Zwanzig Minuten später saß er mit Wilders in dem Büro ihres Chefs. Emmerling glich das Familienfoto mit der Fahndungsskizze ab.

„Rothen nimmt gerade Kontakt zu Interpol auf und bittet die Kollegen, eine Anfrage bei der Fremdenlegion zu stellen", erklärte Frank.

„Sie meinen also, Friedrich von Maltow hat sich von der Französischen Fremdenlegion ausbilden lassen?"

„Ich vermute, er ist damals nicht verschollen, sondern hat seinen Tod in der Wüste vorgetäuscht und ist in die Fremdenlegion eingetreten, um sich auf das hier vorzubereiten."

„Das erklärt seine Fähigkeiten mit der Machete, aber auch die Planung und Ausführung der Morde", ergänzte Wilders.

Emmerling schwieg einen Moment. Dann nickte er.

„Was haben die Schaubilder zu bedeuten?"

„Herbert Weber war wahrscheinlich der richtige Vater von Friedrich. Ihm hat er die Beine abgetrennt, weil er seine Geliebte und die gemeinsamen Kinder damals im Stich gelassen hat. Rundstedt hat er die Geldscheine in den Mund gesteckt, weil er wegen des Kredites, den er vom Grafen erhalten hatte, über die Vorkommnisse im Hause von Maltow hinweggesehen hat. Eichert musste sterben, weil er die Totenscheine seiner Mutter und seiner Schwester gefälscht hat."

„Das macht Sinn", bestätigte Emmerling, „fehlt nur noch der Graf."

„Der Graf ist der letzte Kandidat auf Friedrichs Liste. Er weiß, dass sein Stiefsohn zurückgekehrt ist. Deshalb hat er nach Webers Tod die Zahl seiner Sicherheitskräfte verdoppelt", antwortete Frank.

„Wir müssen zum Grafen und ihn damit konfrontieren. Er hat Angst. Vielleicht gibt er die Morde zu." Wilders hatte keinen Zweifel an den neuen Fakten.

„Tun Sie das und stellen Sie den Grafen unter Polizeischutz", befahl Emmerling. Frank gefiel der Gedanke nicht, den Grafen schützen zu müssen. Er glaubte nicht, dass dieser ein Geständnis ablegen würde. Aber ihn zu beschützen war die einzige Chance, den Grafen und Friedrich zu fassen.

Schloss Brunnstedt, Brandenburg, Sitz der Familie von Maltow

Steifer Regen prasselte gegen die Windschutzscheibe. Die Heizung lief mit halber Kraft. Die Luft, die durch sie in den Wagen hineingezogen wurde, roch feucht. Sie fuhren mit Blaulicht die Straße des 17. Juni entlang. Die Autos scherten aus und bildeten eine Rettungsgasse. Am Großen Stern bogen sie auf den Kaiserdamm ein und fuhren auf die Autobahn Richtung Potsdam. Weniger Tropfen blieben an der Windschutzscheibe hängen und perlten hinab. Die Frontlichter der ihnen entgegenkommenden Autos sausten an ihnen vorbei. Eine halbe Stunde später bogen sie in die Einfahrt des Schlosses ein. Zwei Sicherheitsmänner standen davor und unterhielten sich. Frank bremste und ließ das Fenster hinunter. Einer der beiden Männer kam auf ihn zu und schaute in den Wagen.

„Das ist Privatgelände. Kein Zutritt." Der Mann richtete sich auf und stemmte die Arme in die Seite.

Frank zog seinen Dienstausweis aus der Jackentasche und hielt ihn dem Mann entgegen.

„Kriminalpolizei. Wir möchte zum Grafen von Maltow."

„Haben Sie einen Termin?", fragte der Mann gereizt.

„Den brauche ich nicht", antwortete Frank.

Der Mann schluckte.

„Fahren Sie." Er gab seinem Kollegen ein Zeichen. Das Tor öffnete sich.

Frank fuhr durch das Tor und schaute in den Rückspiegel. Der Mann gab ihre Ankunft per Funkgerät durch. Die Auffahrt bis zum Eingang des Schlosses kam ihm wie eine Ewigkeit vor. Dann wechselte der Straßenbelag von Teer zu Schotter. Das untrügliche

Zeichen, dass der Vorplatz des Schlosses nicht mehr weit entfernt war. Sie umrundeten den ausladenden Springbrunnen und parkten vor dem Eingang des Schlosses. Frank schaute Wilders an. Sie nickte ihm zu. Fast synchron öffneten sie die Türen und stiegen aus dem Wagen. Dann gingen sie die Treppe zum Eingang des Schlosses hinauf. Josef öffnete ihnen, bevor sie klingeln konnten.

„Der Graf erwartet Sie bereits. Bitte folgen Sie mir."

Josef führte sie vorbei an den alten Ritterrüstungen, den goldgerahmten Ölgemälden und den schweren Wandteppichen zum Arbeitszimmer des Grafen. Jeder ihrer Schritte auf dem Marmorboden hallte den Korridor hinunter. Sie stoppten vor der großen, dunkelbraunen Holztür. Josef klopfte zweimal. Dann öffnete er vorsichtig und schaute ins Zimmer.

„Bitte die Herrschaften." Er winkte sie herein.

Sie betraten den Raum.

Der Graf schaute durch das große Panoramafenster auf sein Anwesen.

„Guten Tag", begrüßte ihn Frank.

Der Graf drehte sich langsam um. „Guten Tag. Bitte nehmen Sie Platz." Er zeigte auf die lederbezogenen Ohrensessel vor seinem Schreibtisch. Frank und Wilders setzten sich.

„Sie haben uns erwartet?", fragte Frank.

„Mir war klar, dass Sie wiederkommen."

„Wir möchten Ihnen einige Beweisstücke zeigen. Sind Sie bereit, sich diese ohne Ihren Anwalt anzuschauen?"

Der Graf überlegte einen Moment.

„Sobald es mir zu bunt mit Ihren Anschuldigungen wird, sage ich nichts mehr."

Wilders holte die Fahndungsskizze aus ihrer Tasche und schob sie über den Schreibtisch.

„Kennen Sie diesen Mann?", fragte Frank.

Der Graf richtete sich in seinem Stuhl auf und betrachtete die Skizze. Langsam glitt seine Hand zum obersten Schreibtischfach. Er öffnete es und holte seine Brille heraus, ohne den Blick vom Bild abzuwenden. Er setzte die Brille auf und schwieg eine Weile.

„Herr Graf von Maltow, kennen Sie den Mann auf der Skizze?"

Der Graf schaute die beiden an. „Ich habe diesen Mann noch nie gesehen."

Wilders reichte dem Grafen nun die Kopie des Familienfotos der von Maltows. „Bitte schauen Sie sich dieses Foto an."

Der Graf warf einen kurzen Blick auf das Familienfoto und schob es dann zurück.

„Erkennen Sie eine gewisse Ähnlichkeit zwischen Ihrem Sohn und dem Mann auf der Fahndungsskizze?"

Der Graf schaute ihm in die Augen.

„Nein."

„Bei meinem letzten Besuch habe ich vermutet, dass Sie einen Killer beauftragt haben, um Herbert Weber und Franz Rundstedt ermorden zu lassen. Als ich Doktor Eichert gesehen habe, dachte ich, dass auch er von Ihrem Killer ermordet worden ist. Jetzt weiß ich, dass ich falsch lag." Frank schaute dem Grafen direkt in die Augen.

„Friedrich war es. Sie wissen das so gut wie ich. Er ist zurückgekommen, um Rache zu nehmen an Ihnen und an allen, die wussten, dass Sie seine Mutter und seine Schwester umgebracht haben."

Der Graf entgegnete nichts. Dann fing er an zu lachen. Es war ein bizarres, fast hysterisches Lachen. „Sie werden bei jedem Besuch unverschämter." Er wischte sich die Tränen aus den Augen. „Haben Sie dafür irgendwelche Beweise?"

Wilders nahm eine Kopie des Vaterschaftstest aus ihrer Tasche und schob sie dem Grafen zu.

„Wir wissen, dass Friedrich und Maria nicht Ihre leiblichen Kinder waren, sondern wahrscheinlich die Kinder von Herbert Weber sind", erklärte sie ruhig.

Der Graf schaute auf das Dokument. „Das beweist nur, dass meine Frau eine gottverdammte Fremdgängerin war und mir die zwei Bastarde untergeschoben hat, aber mehr nicht."

„Franz Rundstedt hat Friedrich vor Ihnen gerettet. Er wusste, dass Sie Ihre Frau und Ihre Tochter umgebracht haben. Wir haben eine Notiz von ihm gefunden", erklärte Frank.

„Steht darauf geschrieben, dass ich die beiden umgebracht habe?", fragte der Graf. Er zog die Augenbrauen hoch.

„Nein", musste Frank zugeben.

„Haben Sie irgendeine Person, die bezeugen kann, dass ich Maria oder Eleonore umgebracht habe?", fragte er weiter.

„Nein", musste Frank wieder eingestehen.

„Dann ist alles, was sie mir bisher vorgeworfen haben, nichts weiter als eine dreiste Unterstellung." Der Graf fing an zu lächeln.

Frank hatte das Gefühl, eine deftige Ohrfeige kassiert zu haben. Keine, die wegen ihrer Wucht schmerzte, sondern wegen der Demütigung, die damit einherging. Dieser widerliche Mörder, der seine Tochter und seine Frau umgebracht hatte, saß hier vor ihnen und amüsierte sich darüber, dass sie ihm die Morde nicht nachweisen konnten. Ekelhaft.

Wilders musterte ihren Partner. Er hatte seine linke Hand zur Faust geballt. Die Hand zitterte. Sie musste das Gespräch jetzt übernehmen.

„Wir glauben, dass Friedrich kommen wird, um Sie zu töten." Sie wartete auf eine Reaktion des Grafen. Sie kam nicht.

„Sie wissen das, oder?", fragte sie weiter.

„Ich weiß gar nichts davon", der Graf lächelte wieder.

„Weshalb haben Sie nach dem Mord an Weber die Anzahl Ihrer Sicherheitskräfte erhöht?"

„Weil ich häufiger Drohungen von irgendwelchen Spinnern erhalte."

„Wir möchten Ihnen Polizeischutz anbieten, um Ihr Anwesen zu sichern. Sind Sie damit einverstanden?"

Der Graf kniff die Augen zusammen.

„Friedrich ist tot. Gestorben in der Wüste von Dschibuti. Und wenn hier irgendjemand herkommt, der mich ermorden will, habe ich genug Sicherheitskräfte, um ihn aufzuhalten. Aber wenn Herr Frank unbedingt eines der Zimmer für mein Gesinde in Anspruch nehmen möchte, halte ich ihn nicht davon ab", der Graf betrachtete Frank abfällig.

Frank kämpfte mit sich. Er hasste Gewalt, aber diesem widerlichen Sadisten hätte er am liebsten ins Gesicht geschlagen. Er atmete tief ein und aus. Er musste einen klaren Kopf bewahren. Die einzige Chance, die sie hatten, den Grafen in Bedrängnis zu bringen, war eine Aussage von Friedrich gegen ihn. Dem Grafen traute er zu, dass er Friedrich gezwungen hatte, alles mitanzuschauen. Warum sollte der Mann sonst so einen Rachedurst verspüren? Nun würde er zurückschlagen. Das war sicher und dann musste er hier sein und verhindern, dass die Männer des Grafen ihn umbrachten. Zu nichts anderem hatte der Graf die neuen Leute rekrutiert.

„Das Angebot nehme ich an", antwortete Frank.

Der Graf überlegte einen Moment.

„Gut, einen Kommissar habe ich bisher noch nicht in meinen Reihen."

„Ich bin nicht in Ihren Reihen. Ich versuche einen Mörder zu fassen", antwortete Frank.

Der Graf erhob sich langsam aus seinem Sessel.

„Josef wird Ihnen Ihre Unterkunft zeigen."

Er drückte eine Taste auf dem Telefon.

„Josef, bereite ein Zimmer in den Gesindeunterkünften für Herrn Frank vor", er legte auf und lächelte Frank an.

Frank stand langsam auf, drehte sich um und verließ das Zimmer.

„Auf Wiedersehen", verabschiedete sich Wilders. Frank wartete im Gang auf sie.

„Willst du wirklich hierbleiben?"

„Es ist meine einzige Chance, beide lebendig zu fassen."

Wilders nickte.

„Kannst du ein paar Sachen für mich packen und sie herfahren lassen?" Frank kramte in seiner Hosentasche und holte seinen Wohnungsschlüssel heraus.

„Klar."

„Danke. Und bitte frag bei Rothen nach, ob wir schon eine Antwort von Interpol haben."

„Geht in Ordnung."

„Herr Frank, folgen Sie mir bitte. Ich zeige Ihnen Ihr Zimmer." Josef stand am anderen Ende des Ganges.

Frank drehte sich um, aber Wilders hielt ihn am rechten Arm fest.

„Sei vorsichtig."

„Ich versuche es."

Sie schaute ihm tief in die Augen. Dann ließ sie ihn gehen.

Schloss Brunnstedt, Sitz der Familie von Maltow, Brandenburg

Frank saß auf der Kante des alten Holzbettes. Er fühlte Hass und Wut auf den Grafen. Gleichzeitig hatte er Angst vor der Konfrontation mit Friedrich. Dieser war hervorragend ausgebildet und ihm körperlich überlegen. Eine falsche Bewegung, ein falsches Wort konnten tödlich sein. Er spürte, wie seine Zunge am Gaumen klebte. Auf dem Tisch in der Mitte des Raumes, stand eine Messingkanne mit Wasser und ein Glas. Frank ging zum Tisch und stillte seinen Durst. Er betrachtete den Grundriss des Schlosses, der neben der Kanne lag. Sein Zimmer befand sich im Keller. Josef hatte es mit einem roten Kreuz markiert. Der Keller, das Erdgeschoss, der erste Stock und der zweite Stock waren alle in Form eines Rechteckes angelegt. Die Zimmer gingen jeweils von einem langen Flur ab, der sich über das ganze Stockwerk erstreckte. Im linken und rechten Gebäudetrakt befanden sich Aufgänge, die die Ebenen miteinander verbanden. Frank wollte mit seinem Rundgang im Keller beginnen und sich dann hocharbeiten. Er öffnete den kleinen, schwarzen Koffer, den Wilders ihm gepackt hatte. Er beinhaltete drei Hemden, ein zweites Paar Schuhe, zwei Pullover, von denen er gar nicht mehr wusste, dass er sie besaß, Unterhosen, Hemden, einige Paar Socken und drei Magazine für seine Pistole. Mit dem Magazin in seiner Waffe hatte er sechzig Schuss.

Er ging zum Fenster, öffnete es und schaute durch die Eisengitterstäbe nach draußen. Die Sonne war untergegangen und die Dämmerung stellte sich ein. Er kniff die Augen zusammen und versuchte die Umrisse der Hecken, die den Anfang des Waldes markierten, zu fixieren, aber ihre Konturen verschwammen im Graubraun des Waldes. Bis zu dem Waldstück mochten es gut fünfzig Meter sein. Viel freie Fläche für jemanden, der hier einbrechen wollte. Friedrich würde es auf der anderen Seite des Schlosses versuchen. Diese grenzte direkt an ein Waldstück. Weiter vom Geschehen weg hätte der Graf ihn nicht einquartieren können. Er wollte ihn nicht dabeihaben, wenn es losging. Aber den Gefallen würde er ihm nicht tun. Der Graf hatte ihn nur hierbehalten, um ihn besser unter Kontrolle zu haben. Frank schloss das Fenster. Er ging zum Tisch, löste die Pistole aus dem Holster, und prüfte das Magazin in seiner Waffe. Dann lud er durch. Die Mechanik funktionierte einwandfrei. Er steckte sie in das Holster zurück, nahm seine Jacke vom Tisch und streifte sie über. Das Headset stellte er auf die Frequenz, auf der die Wachmänner miteinander kommunizierten, und steckte es sich ins Ohr. Es würde eine lange Nacht werden.

Friedrich schaute auf den kleinen See. Der Mond tauchte seine Oberfläche in seichtes Silber, das nur ab und an von einer Welle gebrochen wurde. An seinen Rändern standen hohe Bäume. Nur der Zufall lockte einen Fremden hierhin. Er sog die Luft ein. Es roch feucht – eine Mischung aus morschem Holz und frischem Süßwasser. Als Kind hatte er sich oft hierhin zurückgezogen. Der friedliche kleine See hatte ihn beruhigt und sein kaltes, klares Wasser hatte die Wunden gekühlt, die ihm die Schläge der Bestie zugefügt hatten. Beim Tauchen hatte er das alte Rohr entdeckt, das zum Schloss führte. Der Verwalter hatte ihm damals verraten, dass es in früheren Zeiten der Trinkwasserversorgung des Schlosses gedient hatte. Er zog den Rucksack vom Rücken, öffnete ihn und legte den Neoprenanzug, die dazu passenden Handschuhe, die Haube, die Flossen und die kleine Pistole, die in einem schmalen Brusthalfter steckte, neben sich. Er zog seine Kleidung aus, und legte das Halfter an. Am liebsten hätte er die Bestie mit seiner Machete gerichtet, aber diese würde ihn beim Tauchen behindern. Außerdem waren die Männer der Bestie alle mit Schusswaffen ausgestattet. Mit der Machete allein würde er nicht weit kommen. Er legte das Neopren an und streifte die kleine Pressluftflasche über den Rücken. Er hatte fünfundzwanzig Minuten, um das alte, rostige Maschendrahtgitter durchzuschneiden und durch das Rohr bis in den Keller des Schlosses zu tauchen. Er startete den Timer. Dann holte er den Bolzenschneider aus dem Rucksack, nahm das Atemgerät in den Mund und watete ins Wasser. Er schaltete die Taschenlampe, die an der Taucherbrille befestigt war, an. Unter Wasser konnte er knapp einen Meter weit sehen. Stück für Stück arbeitete er sich über den schlammigen Grund zum Rohr vor. Er setzte den Bolzenschneider an dem Gitter an. Nach drei Minuten hatte er ein ausreichend großes Loch hineingeschnitten. Er schaute auf die Uhr. Die Luft reichte noch für fünfzehn Minuten. Er schwamm in das Rohr. Mit der umgeschnallten Taucherflasche und angelegten Armen passte er gerade so hinein. Nach einigen Minuten brannten seine Beine. Er ignorierte das Brennen und konzentrierte sich auf die dunkelroten Ränder des Rohres, die vom Lichtpegel der Lampe angestrahlt wurden. Nach etwa dreihundert Metern machte das Rohr einen scharfen Linksknick. Er folgte der Biegung. Dann spürte er einen Stoß am Rücken.

„Verdammt." Er steckte fest. Die Uhr zeigte noch Luft für drei Minuten. Panik durchströmte seinen Körper. Sein Atem beschleunigte sich. Er musste jetzt ruhig bleiben. Je schneller er atmete, desto mehr Sauerstoff verbrauchte er. In seinem Kopf sah er die Bestie darüber lachen, dass er bei dem Versuch, sie zu töten, im Frischwasserohr des Schlosses verreckt war. Der Gedanke schmerzte.

Er öffnete die Gurte der Sauerstoffflasche und nahm einen letzten tiefen Atemzug. Dann ließ er sie zurück. Er widerstand dem Druck, auf die Uhr zu gucken, spürte, wie ihm der Sauerstoff ausging und konnte den Impuls nach Luft zu schnappen nicht unterdrücken. Vor seinen Augen verschwammen die Umrisse des Rohrs. Halb in Trance schlug er immer weiter mit den Flossen. Dann endlich erschien eine Betonwand im Lichtpegel der Taschenlampe. Friedrich griff nach den Eisenstäben, die in den Beton getrieben waren, und wuchtete seinen Kopf mit letzter Kraft aus dem Wasser. Er röchelte und übergab sich. Nach einigen Minuten tiefen Atmens spürte er, dass die Kraft langsam in seinen Körper zurückkehrte. Er schaute nach oben und sah die Umrisse des Steines, der den Ausgang des Rohres versperrte. Er löste den vorderen Teil der Flossen. Dann stieg er die Eisensprossen hinauf. Der Stein war schwer, aber ließ sich bewegen. Er schob ihn zur Hälfte beiseite, zwängte sich durch die Öffnung, nahm die Taucherbrille ab und löste die Taschenlampe aus ihrer Fassung.

Er kannte den Raum. Die Bestie hatte ihn früher hier eingesperrt. Damals hatte er sich bei dem Versuch, hier rauszukommen, die Hände an der Tür blutig geschlagen. Die Angst und die Ohnmacht kamen zurück und lähmten ihn für einen Moment. Er ballte die Fäuste und zwang seine Gedanken in eine andere Richtung. Jetzt war dieser Schreckensort kein Verlies mehr, sondern die Eintrittskarte in die Höhle der Bestie. Vorsichtig legte er sein Ohr an die niedrige, aus Bretten gezimmerte Tür und lauschte. Kein Laut. In Zeitlupe öffnete er die Tür. Der Gang lag im Dunkeln. Friedrich schaltete die Taschenlampe aus. Das Licht würde ihn leicht verraten. Langsam setzte er einen Fuß vor den anderen. Die Neoprenschuhe dämpften seine Schritte und er beschleunigte etwas. Er schlich vorbei an der Vorratskammer und den beiden großen Küchen. Sie lagen im Dunklen. Er wollte gerade die Treppe in das Erdgeschoss hinaufgehen, als er eine Stimme hörte. Er presste sich an die Wand und lugte um die Ecke des Treppenaufganges. Ein Wachmann stand am Treppenende und gab eine Meldung durch das Headset.

„Hier Jeff, am Kelleraufgang ist alles in Ordnung." Er nahm die Hand vom Druckknopf an seinem Ohr und legte sie auf den Lauf des Sturmgewehres. Dann entfernte er sich einige Schritte vom Aufgang, schaute nach links und nach rechts und kam wieder zurück. Als er der Treppe das nächste Mal den Rücken zudrehte, setzte Friedrich vorsichtig einen Fuß auf die Treppe und belastete ihn. Er verursachte kein Geräusch. Die verbleibenden sechs Stufen nahm er in zwei Sätzen. Jeff wollte sich gerade umdrehen, als er einen dumpfen Schlag am Hinterkopf spürte. Er sackte zusammen. Friedrich fing ihn auf, trug ihn die Kellertreppe hinunter und legte ihn in der Dunkelheit des Kellergewölbes ab.

Dann lief er die Treppe ins Erdgeschoss hinauf. Er befand sich im rechten Trakt des Schlosses. Das Schlafzimmer der Bestie lag im zweiten Stock. Lautlos schlich er die Treppe in den ersten Stock nach oben.

Frank leuchtete mit der Taschenlampe den Gang hinunter. Der Boden bestand aus schweren, grob behauenden Steinplatten. Die Wände und der Boden waren erstaunlich trocken, wenn er bedachte, dass das Gebäude vor gut dreihundert Jahren errichtet worden war. Er bog in den letzten Teil des Flures ein, von dem auch sein Zimmer abging. Für die Runde durch den Keller hatte er fast zehn Minuten gebraucht. Ein kompletter Rundgang durch das Schloss kostete ihn somit etwa vierzig Minuten. Das war viel Zeit, in der ein Mörder unbemerkt agieren konnte. Gut, dass er Funkkontakt zu den Männern des Grafen hatte, sonst hätte er keine Chance zu erfahren, wann und wo Friedrich einbrach. Er passierte eine unscheinbar wirkende Holztür. Im nächsten Moment stockte er. Auf dem Boden sah er feuchte Schuhabdrücke. Sie zogen sich von der Tür den Gang hinauf. Er öffnete die Tür und leuchtete in den Raum. In seiner Mitte befand sich eine Art Brunnen. Die Steinplatte, mit der er bedeckt war, hatte jemand halb zur Seite geschoben. Frank schloss die Tür und folgte den Fußabdrücken.

„Einbruch im Keller, ich brauche Verstärkung", flüsterte er in das Headset. Zwei Meter neben der Treppe, die ins Erdgeschoss führte, lag einer der Sicherheitsmänner des Grafen. An seinem

Kopf klaffte eine Platzwunde.

„Wir haben einen Verletzten am Treppenaufgang im Keller", gab er über das Headset weiter. Er nahm die Pistole aus dem Holster, presste sich gegen die Wand und schaute um die Ecke. Niemand zu sehen. Leise schlich er Stufe für Stufe die Treppe ins Erdgeschoss hinauf. Dann hörte er einen Schuss. Er kam aus dem zweiten Stock.

„Scheiße", fluchte er leise.

„Brauche Verstärkung, ein Schuss im zweiten Stock", flüsterte er ins Headset.

„Bin unterwegs", antwortete eine Stimme.

Er holte alles aus seinen Beinen heraus. Keine zehn Sekunden später presste er sich gegen die Wand des Treppenhauses und schaute vorsichtig um die Ecke. Vor dem Schlafzimmer des Grafen lagen zwei Sicherheitsmänner am Boden.

Er konnte nicht mehr auf Verstärkung warten. Er sprang auf den Gang und rannte den Flur hinunter. Die Tür zum Zimmer stand offen.

„Jetzt bist du hilflos", hörte er Friedrich sagen.

Frank drückte seinen Körper an die Wand neben dem Türrahmen. Friedrich stand fünf Meter vor dem Grafen, lud seine Pistole durch und zielte auf ihn.

„Wie lange habe ich auf diesen Moment gewartet!"

Frank stürmte in das Zimmer.

„Halt, Waffe runter!"

Friedrich schaute zu Frank, dann zum Grafen. Ein Schuss hallte durch den Raum. Der Graf sackte auf seine Knie. Blut färbte sein Hemd auf Höhe des Brustkorbes. Seine Augen starrten ins Leere, dann kippte er vornüber.

Friedrich spürte einen pulsierenden Schmerz an der rechten Schulter. Er ließ die Waffe fallen, drückte mit seiner Hand auf die Wunde und sank langsam auf die Knie. Das Blut quoll zwischen seinen Fingern hindurch.

„Die Bestie ist tot", flüsterte er.

Frank fühlte sich so erschöpft, als ob er gestern einen Marathon gelaufen wäre. Über das zu berichten, was gestern Nacht geschehen war, hatte ihn zusätzlich ausgelaugt. Er spürte Enge im Brustkorb. Als erstes brauchte er frische Luft. Er stand auf, öffnete das große Fenster an der Seite des Büros und setzte sich wieder. Er holte tief Luft. Der Geruch von alten, abgestandenen Akten mischte sich mit der kalten, feuchten Luft von draußen. Es machte keinen Sinn, es weiter hinauszuzögern.

„Ich möchte meine Versetzung beantragen."

Emmerling sah ihn an, als ob er ihm gerade eine Ohrfeige verpasst hatte. „Sind Sie verrückt? Ich werde sie beide für eine Beförderung vorschlagen!"

Er ließ es einen Moment auf sich wirken. „Das ist mir egal. Ich möchte meine Versetzung beantragen."

„Sie nehmen sich jetzt die nächsten beiden Wochen frei. Das, was sie erlebt haben, geht an keinem spurlos vorüber. Dann sprechen wir noch einmal. Frau Wilders, ist es für Sie in Ordnung, wenn Sie die Pressearbeit gemeinsam mit Jacobs übernehmen?"

Wilders antwortete nicht. Sie konnte nicht fassen, was Frank da gerade gesagt hatte. Er hatte ihr nichts davon erzählt. Ihr Blick wanderte zu Emmerling.

„Kann ich machen."

Stille kehrte ein. Beide musterten Frank. Er sah abgekämpft, kraftlos und kreidebleich aus.

„Ich beantrage meine Versetzung", flüsterte er, stand auf und verließ das Büro.

08.01.2009, Hauptquartier der Fremdenlegion, Dschibuti (Ostafrika)

Die Tür wurde aufgerissen. Etienne zuckte zusammen.

„Chef-Sergeant, wir haben Nachricht von Interpol!", platzte es aus seinem Adjutanten Dubois heraus.

„Müssen Sie mir deshalb einen solchen Schrecken einjagen?"

„Nein, Sergeant. Entschuldigung", Dubois senkte den Kopf.

„Was gibt es denn?"

„Ich habe gerade einen Anruf von Interpol bekommen. Sie haben Ihnen einen Bericht der Kriminalpolizei aus Deutschland weitergeleitet."

Vor einigen Tagen hatte er eine Anfrage von Interpol mit einer Fahndungsskizze erhalten. Auf ihr war niemand geringeres als Jean Vengeur, der, wie er dem Schreiben entnahm, in Wahrheit Friedrich von Maltow hieß, abgebildet gewesen. Lúka hatte ihn bereits vor zwei Wochen über dessen Verschwinden informiert. Als sein Vorgesetzter hatte er den Vorfall unverzüglich an die französische Militärpolizei weitergegeben. Diese hatte sofort Ermittlungen wegen Fahnenflucht gegen von Maltow eingeleitet.

Dubois schaute ihn erwartungsvoll an.

„Danke. Wegtreten."

Er sah enttäuscht aus.

„Gibt es noch etwas Wichtiges?", Etienne zog die Augenbrauen hoch.

„Nein, Chef-Sergeant." Dubois schloss hastig die Tür.

Etienne öffnete sein Mail-Postfach. Er klickte auf die E-Mail von Interpol, dann auf den Anhang. Er wurde zur Verifikation aufgefordert und legte seinen Finger auf den Fingerabdrucksensor. Der

Anhang öffnete sich. Es war ein Bericht der Berliner Kriminalpolizei, der ins Französische übersetzt worden war. Er überflog die Zeilen. Den letzten Absatz las er zwei Mal.

Von Maltow hatte seinen Vater erschossen. Dabei hatte ihn ein Kommissar angeschossen und dann festgenommen. Nach einem Aufenthalt im Krankenhaus hatte man ihn ins Gefängnis gebracht. Dort wartete er auf seinen Prozess. Die Staatsanwaltschaft erhob Anklage wegen vierfachen Mordes gegen ihn.

Etienne schüttelte langsam den Kopf. Der beste Soldat des Stützpunktes, angeklagt wegen vierfachen Mordes. Das warf kein gutes Licht auf die Légion étrangère. Er stand auf, ging zu dem kleinen Barschrank aus Eichenholz, der in einer Ecke des Büros stand, und goss sich einen doppelten Cognac in eines der Kristallgläser. Er setzte sich wieder, lehnte sich in seinem Stuhl zurück und nahm einen tiefen Schluck. Er traute Vengeur zu, aus dem Gefängnis zu fliehen. Wer so weit gegangen war, um sich zu rächen, für den waren Gefängnismauern eine Kleinigkeit.

Er schaute sich den Rest der rostbraunen Flüssigkeit an und spülte sie hinunter. Dann stellte er das Glas beiseite und begann eine Mail an seinen Vorgesetzten in Paris zu schreiben. Er wies auf den Bericht der Kriminalpolizei hin, fügte diesen als Anhang hinzu und empfahl seinem Vorgesetzten auf ein Auslieferungsgesuch an Deutschland zu verzichten, da von Maltow dort wegen mehrfachen Mordes angeklagt wurde. Im letzten Satz bat er darum, Sergeant Lúka und dessen Männer über die Ereignisse unterrichten zu dürfen. Sie hatten verdient zu erfahren, was mit Jean Vengeur passiert war. Er las die Mail noch einmal gründlich durch und drückte auf Senden.

Nachwort des Autors

Liebe Leserin und lieber Leser,

dieser Kriminalroman ist mein erstes Buch. Ich hoffe sehr, dass Sie Robert Frank und Katharina Wilders mit der gleichen Spannung und Freude auf der Jagd nach dem Täter begleitet haben, die ich beim Schreiben empfunden habe. Wenn Ihnen das Buch gefallen hat, würde ich mich sehr über eine positive Bewertung auf Amazon oder einem anderen Portal, auf dem Sie das Buch erworben haben, freuen! Auch über Leseempfehlungen und positive Kommentare auf Facebook, Instagram oder Threads freue ich mich!

Herzliche Grüße,
Ihr Thomas vom Hofe-Schneider,
www.vom-hofe-schneider.de
Instagram und Threads: @t.vomhofeschneider